Für meine Mutter

Suca Elles

Was geschah mit Marion?

© 2020 Suca Elles

Umschlaggestaltung: Suca Elles

Verlag und Druck: tredition GmbH
Halenreie 40-44, 22359 Hamburg

ISBN:
Paperback: 978-3-347-08957-0
Hardcover: 978-3-347-08958-7
e-Book: 978-3-347-08959-4

Prolog

Er saß vor seiner Staffelei am Ufer und malte den Fluss und die grünen Büsche und Bäume dahinter. Er malte immer Wasser und Ufer, so oft er dafür die Zeit fand. Durch das Gebüsch hatte er sich gezwängt und vor einigen Wochen einen versteckten Platz direkt am Wasser gefunden, der gerade Raum für seine Staffelei und seinen Hocker bot. Deswegen kam auch nie irgendjemand hierher und störte ihn. Der Gesang der Vögel wurde heute einzig durch Lachen und Gesprächsfetzen unterbrochen, die von einem Boot herüber klangen, das in der Nähe des Ufers bei absoluter Windstille dümpelte. Er beachtete weder die menschlichen Laute noch das Boot. Bedächtig wählte er unter den Grüntönen seiner Palette die passende Farbe aus und vervollständigte sein Bild.

Erst eine ganze Weile später fiel ihm auf, dass Ruhe eingekehrt war. Das Boot lag weiter ruhig im Wasser, das Lachen hatte jedoch aufgehört. Er korrigierte einen Baum am rechten Rand seines Bildes und fügte ein paar filigrane Äste hinzu. Zufrieden betrachtete er den Gesamteindruck, als ein Schrei, der aus dem Boot zu kommen schien, ihn aufschreckte. Es war eine Frau, die da geschrien hatte, danach war es wieder still. Er blickte zur Sonne hinauf und überlegte, ob er noch sitzen bleiben oder einpacken und nach Hause fahren sollte, als der Hilfsmotor des Segelbootes ange-worfen wurde. Ein Mann trat an die Reling, sah sich um, und als er ihn erblickte hielt er eine Fla-sche hoch und rief: „Corinna hat sich den Arm in der Tür geklemmt, zu viel Prosecco".

Er winkte kurz, als das Boot Fahrt aufnahm, und verschwand wieder nach unten.

Kai sah dem Boot nach. Er kannte dieses Fab-rikat. Es besaß 3 Kajüten und eine offene Kombü-se im Wohnbereich. Neben der Heckkabine gehör-te ein Minibadezimmer zur Ausstattung. Nachdenk-lich packte er seine Utensilien zusammen. Was veranlasste Menschen, sich an einem warmen Sommertag im Bauch eines Bootes zu betrinken? Er hätte Kaffee auf Deck vorgezogen. Er grinste verhalten. „Typisch Psychologe" dachte er. „Alles hinterfragen müssen und nichts einfach stehen lassen können." Er packte seine Tasche und zwängte sich durch das Gebüsch. Vorsichtig späh-te er nach rechts und links, bevor er auf den Hauptweg trat. Kein Mensch weit und breit. Gut so. Er wollte diesen Platz für sich allein behalten.

Der Parkplatz hatte sich merklich gefüllt, und auf dem angrenzenden Wiesenstück spielten Ju-gendliche Fußball. Er legte seine Staffelei, den Koffer mit den Farben und Pinseln, den Hocker und das fertige Bild in den Kofferraum und fuhr los.

Kai saß noch nicht lange in seinem Büro, als Enno, der Personalchef, den Kopf durch die Tür steckte.

„Da ist eine Frau, fast noch ein Mädchen, die mit dir sprechen will" sagte er. „Hast du Zeit?"

Kai nickte. „Wer ist es denn?" fragte er „Jemand vom Personal?"

„Nein, niemand von uns, aber sie hat explizit nach dir gefragt."

„Schick sie herein" sagte Kai.

Wenig später klopfte es zaghaft an der Tür, und eine Frau betrat das Büro. Sie schien sehr jung, möglicherweise noch nicht einmal volljährig zu sein.

Kai ging ihr entgegen und reichte ihr die Hand. „Kai Lichterfeld" stellte er sich vor. „Rena Somsen" antwortete sie und ergriff seine Hand mit festem Druck.

„Was kann ich für Sie tun? Herr Speltmann sagte, Sie wollten zu mir. Kennen wir uns denn?"

Rena schüttelte den Kopf. „Nein, mich kennen Sie nicht, aber meine Mutter. Sie haben ihr vor ein paar Jahren sehr geholfen.....und jetzt brauche ich Ihre Hilfe."

Kai überlegte kurz dann sagte er: „Möglicherweise liegt hier ein Missverständnis vor. Ich kenne niemanden, der Somsen heißt."

„Oh, Entschuldigung. Meine Mutter heißt Berkhof" sagte Rena.

Kai nickte. „Frau Berkhof kenne ich natürlich" Er lächelte Rena an. „Nehmen Sie doch Platz. Möchten sie Kaffee oder Wasser?"

Nachdem Kai der jungen Frau den gewünschten Kaffee serviert hatte, sah er sie aufmunternd an: „Also, was kann ich für Sie tun?"

„Meine Mutter ist verschwunden" platzte Rena heraus. „Seit vorgestern Abend. Ich mache mir Sorgen".

„Erzählen Sie bitte der Reihe nach" bat er. Rena nickte und fuhr fort:

„Ich studiere in Bochum, verbringe aber die Semesterferien immer bei meiner Mutter. Weil ich am Freitag noch eine Klausur abgeben musste, bin ich erst am Samstag mit dem Zug gefahren. Meine Mutter wollte mich eigentlich am Bahnhof abholen, war aber nicht da, als ich ankam. Daraufhin habe ich sie auf dem Handy angerufen, aber nur die Mailbox erreicht. Ich habe noch ein Weilchen gewartet und bin dann mit dem Bus nach Hause gefahren. In der Wohnung war sie auch nicht. Ich habe den ganzen Abend gewartet und bin dann auf der Couch eingeschlafen. Am nächsten Morgen, also gestern, habe ich ihre Freundinnen, soweit sie mir bekannt sind, angerufen. Aber keine konnte mir sagen, wo sie ist. Meine Mutter geht schon einmal spontan aus, sie feiert halt gern. Aber für gewöhnlich ruft sie mich entweder an, oder sie legt einen Zettel auf den Tisch. Ich habe dann Angst bekommen, und am Mittag bin ich zur Polizei gegangen. Dort hat man mir gesagt, dass ich erst nach 48 Stunden eine Vermisstenanzeige aufgeben kann. Na, und dann fiel mir ein, dass sie oft von Ihnen gesprochen hat...und ich dachte.." Sie stockte. „Vielleicht können Sie mir helfen, sie zu finden?"

Kai sah Rena an. Vor seinem inneren Auge formte sich ein Bild. Eine Enddreißigerin, attraktiv, schlank, mit dunklen Haaren und Brauen. Unter dem rechten Auge ein Veilchen, das Jochbein geschwollen, eine bereits geklammerte Platzwunde über der Braue und eine geschwollene Oberlippe, so kam sie vor einigen Jahren in sein Büro. Ihr damaliger Ehemann, der unter Alkoholeinfluss gewalttätig wurde, war der Verursacher der Verletzungen gewesen.

„Ich bin Psychologe und kein Detektiv", sagte Kai. „Aber ich kenne ein paar Leute, die Ihnen vielleicht helfen können. Fahren Sie jetzt bitte wieder nach Hause. Geben Sie mir ihre Handy-Nummer, damit ich Sie erreichen kann, falls ich etwas in Erfahrung bringe. Und hier ist meine Karte, falls Sie mich erreichen wollen", und nach kurze Pause fügte er hinzu: „Egal um welche Uhrzeit."

„Und was geschieht jetzt?" fragte Rena.

„Ich führe einige Telefonate. Machen Sie sich nicht zu viele Sorgen. Vermutlich gibt es für die Abwesenheit Ihrer Mutter ein harmlose Erklärung." Er nickte Rena freundlich zu und reichte ihr die Hand zum Abschied.

Als er wieder allein in seinem Büro war, trommelte er mit den Fingern auf die Tischplatte. Dies tat er immer, wenn er nachdachte. Dann rief er Enno an.

„Sag mal, ist euch aufgefallen, dass Frau Berkhof heute nicht da ist?"

„Wieso fragst du?" Kai fiel ein, dass Enno die Zusammenhänge nicht wissen konnte und sagte: „Erzähl ich dir später. Wie ist es nun? Hat jemand ihr Fehlen bemerkt?"

Enno tippte auf seinem PC herum. „Ne" sagte er dann, „kann keiner bemerkt haben, sie hat nämlich ab heute Urlaub."

„Danke" antwortete Kai „bis später".

Von seinem privaten Handy aus wählte er eine Nummer. Eine Männerstimme meldete sich:

„Was gibt's? Ich bin gerade an einem Tatort. Ist es wichtig?"

„Sag mir nicht, ihr habt eine Frauenleiche gefunden!"

„Doch.... wie kommst du darauf?"

„Ca. 172 groß, schlank, dunkelhaarig?"

„Falsch! Kleiner, dicker, hell."

„Ok. Ruf mich zurück, sobald du kannst. Ich brauche deine Hilfe"

„Mach ich...und warte nicht mit dem Essen auf mich. Wird spät heute."

Die Verbindung war unterbrochen.

Kai arbeitete seit 8 Jahren als Betriebspsychologe in dem Konzern und hatte darüber hinaus die soziale Verantwortung für die über 800 Angestellten und Arbeiter. Von Drogenmissbrauch über häusliche Gewalt, ungewollte Schwangerschaften, Trunkenheit am Arbeitsplatz, Nervenzusammenbrüchen bis hin zu Burnouts, alles fiel in seinen Verantwortungsbereich. Daneben war er bei Einstellungsgespräche gefragt, führte Entspannungsseminare durch und vermittelte bei Bedarf das Personal an Sportvereine oder Fitnesseinrichtungen.

Als nächstes rief Kai eine Dienststelle der Schutzpolizei an. Nachdem er weiter verbunden worden war, meldete sich eine Frau. Bevor sie noch ihr „was kann ich für Sie tun?" aussprechen konnte, hatte er sie bereits unterbrochen: „Sina, hier ist Kai. Kannst du mir einen Gefallen tun und feststellen, ob in den letzten 36 Stunden eine Frau, Ende dreißig, dunkelhaarig, schlank und mittelgroß in eines der Krankenhäuser eingeliefert wurde, vermutlich ohne Bewusstsein oder nicht in der Lage ihr Handy oder ein Telefon zu bedienen. Eigentlich wollte ich deinen Bruder mit dieser Aufgabe betrauen, aber der hält sich gerade an einem Tatort auf und hat keine Zeit."

„Haben wir eine Vermisstenmeldung vorliegen?"

„Nein, die 48 Stunden sind noch nicht um."

„Ich schaue, was ich tun kann" sagte Sina ein wenig zögerlich. „Es dauert aber etwas. Ich rufe dich zurück. Soll ich auch im Gewahrsam nachfragen?"

„Ja, sicher ist sicher."

„Ok. bis dann".

Es war bereits Mittag, als Kais privates Handy läutete. „Jan Köller" sagte die Stimme am anderen Ende. „Womit kann ich dem Herrn Psychologen behilflich sein?"

Kai ließ ein leises Lachen hören. „Lass doch bitte mal feststellen, wo sich ein gewisser Herr Leonhard Berkhof derzeit aufhält. Seine Ex-Frau ist verschwunden, und ich möchte sichergehen, dass er nicht die Finger im Spiel hat."

„Hast du jetzt den Beruf gewechselt? Seit wann kümmern sich Psychologen um vermisste Personen?"

„Sie ist eine meiner Klientinnen."

„Ok, geht klar. Ich schicke dir die Nachricht auf dein Phone. Ciao."

Kurz nach 14.00 Uhr meldete sich Sina wieder. „Negativ" sagte sie. „Allerdings nur im Großraum Hamburg".

„Ich weiß deine Hilfe zu schätzen. Vielen Dank!"

„Immer wieder gern".

Eine halbe Stunde später piepste Kais Handy erneut. Eine Nachricht erschien: „LB sitzt seit 26 Tagen ein. Weitere 54 Tage wird sich dieser Zustand nicht ändern."

Kai trommelte wieder auf die Tischplatte. Er würde noch einmal mit Rena sprechen müssen. Vielleicht fiel ihr noch etwas ein, wo er ansetzten konnte. Er wählte ihre Nummer und verabredete sich mit ihr um 16.00 Uhr in einem Café in der Nähe der Wohnung ihrer Mutter. Danach informierte er Enno, dass er außer Haus sei, stieg in sein Auto und fuhr los.

Als Kai vor dem Café ankam, wartete Rena schon. Er hatte sich auf der Suche nach einem Parkplatz leicht verspätet. Sie gingen hinein und fanden abseits einen Zweiertisch. Nachdem die Kellnerin den Kaffee gebracht hatte, sagte Kai:

„Um eventuelle Rückschlüsse auf den Verbleib Ihrer Mutter ziehen zu können, muss ich jede Kleinigkeit wissen. Wann haben Sie zuletzt mit ihr gesprochen? Hat sie irgendetwas von einer neuen Bekanntschaft angedeutet? Sind Ihnen irgendwelchen Bemerkungen erinnerlich, die einen Hinweis geben könnten?"

Rena dachte angestrengt nach, was ihrem konzentrierten Gesichtsausdruck deutlich zu entnehmen war.

„Ich habe sie am letzten Mittwoch angerufen und ihr gesagt, mit welchem Zug ich am Samstag ankomme. Daraufhin hat sie mich gefragt, was ich mir denn zum Essen wünsche. Sie müsse ohnehin noch einkaufen gehen. Dies hat sie offensichtlich auch getan, denn der Kühlschrank ist voll."

Nach einer Pause sprach Rena weiter. „Sie hat noch eine Frau erwähnt, die ihr einen kleinen Laden für ausgefallene Kleidung empfohlen hätte. Dorthin wollte sie mit mir gehen, um etwas für meinen Geburtstag im nächsten Monat zu kaufen. Sie nannte die Frau „Doro von der Eisbar".

„Gibt es einen Eissalon in der Nähe ihrer Wohnung?"

„Ja. Zwei Blocks weiter auf der linken Seite." Rena zeigte mit dem Arm in die entsprechende Richtung, und Kai machte sich Notizen auf seinem Phone.

„Gehen Sie bitte Ihre Ankunft noch einmal Schritt für Schritt in Gedanken durch."

Rena lehnte sich zurück und schloss die Augen. „Ich bin am Samstag um 17.12 Uhr angekommen, der Zug hatte eine Viertelstunde Verspätung. Ich habe dann etwa 20 Minuten gewartet und bin mit dem Bus nach Hause gefahren. Kurz nach 18.00 Uhr war ich dort."

Sie machte eine Pause, öffnete kurz die Augen, nahm einen Schluck von ihrem Kaffee und schloss wieder ihre Lider. Sie sprach langsam und bedächtig.

„Die Wohnung war aufgeräumt, es stand oder lag nichts herum. Die Spülmaschine war fertig, aber nicht ausgeräumt, Mamas Bett war gemacht, mein Bett frisch bezogen."

Kai, der sich weiter Notizen machte, erinnerte sich, was Enno ihm auf Nachfragen bestätigt hatte, nämlich, dass Frau Berkhof am Freitag pünktlich den Betrieb verlassen hatte, wie aus der Zeiterfassung ersichtlich war.

„Weiter".

„Ich habe mir ein Fertiggericht aus dem Tiefkühlschrank gemacht, habe Cola getrunken, Musik gehört und gewartet. Irgendwann nach 23.00 Uhr bin ich eingeschlafen."

„Gut, was taten Sie am nächsten Morgen?"

„Als ich sah, dass Mama nicht da ist, habe ich erst schnell geduscht, mir andere Sachen angezogen und dann im Adressbuch neben dem Telefon meiner Mutter nach den Nummern ihrer Freundinnen gesucht. Ich habe alle drei nacheinander angerufen, aber keine wusste, wo sie sein könnte.

Kurz vor 12.00 bin ich dann zur Polizeidienststelle Mitte gefahren, um meine Mutter als vermisst zu melden, aber die wollten noch nichts tun, weil..."

Kai unterbrach sie. „Falls Ihre Mutter aber seit Freitagabend nicht mehr zu Hause war, wären die 48 Stunden jetzt um. Und Sie haben ja keinen Anhalt, dass sie erst am Samstag das Haus verlassen hat, nicht wahr?"

Rena nickte.

„Haben Sie zufällig ein Bild Ihrer Mutter dabei?" fragte Kai.

Rena entnahm ihrer Tasche eine Fotografie, auf der sie mit Ihrer Mutter abgebildet war.

„Das ist aus dem letzten Urlaub" sagte sie.

Kai fotografierte das Bild mit seinem Handy und reichte es ihr zurück.

„Ich bitte einen Freund, sich der Sache anzunehmen. Er ist Polizist."

Er winkte der Kellnerin und bezahlte den Kaffee. Beim Verlassen des Cafés sagte Kai:

„Sollte Ihnen noch etwas einfallen, rufen Sie mich auf jeden Fall an."

Rena nickte und gab ihm die Hand. „Ich bin Ihnen so dankbar für Ihre Hilfe" sagte sie und ging in Richtung ihrer Wohnung davon, während Kai sich zum Parkplatz begab.

Wie es Kai in seinem Beruf gewöhnt war, ordnete er die Notizen und schrieb die Fakten auf. Dann überlegte er, ob er kochen oder sich etwas vom Pizzaservice bestellen sollte. Wenn Jan erst spät nach Hause käme, hatte er bestimmt schon irgendetwas gegessen, also lohnte es nicht, heute zu kochen. Er rief „Tonio's" an und bestellte eine Pizza Calzone für 19.00 Uhr, bevor er die Unterlagen für das morgige Seminar heraussuchte und bearbeitete.

Tonio lieferte pünktlich, und Kai aß die Pizza direkt am Schreibtisch aus der Packung. Er überlegte gerade, ob er sich einen Grappa oder einen Espresso genehmigen sollte, als es wieder klingelte.

Rena rannte die Treppen in die 3. Etage hinauf, kaum, dass er den Türöffner betätigt hatte. Außer Atem stand sie vor ihm und sagte: „Entschuldigung für die Störung, aber ich habe etwas gefunden!"

Er bat sie herein und komplimentierte sie auf die Couch, holte ihr ein Glas Wasser und wartete, bis sich ihr Atem wieder normalisiert hatte.

„Was haben Sie gefunden?" fragte er.

Sie öffnete ihre Handtasche und holte einen Zettel mit einer Handy-Nummer heraus.

„Den habe ich obenauf im Müll gefunden" sagte sie. „Ich habe da angerufen, aber es war endlos besetzt."

Sie sah Kai mit einem hilflosen Blick an. „Können Sie damit etwas anfangen?"

„Nein, ich nicht, aber ich kenne jemand, der es kann...wie sind Sie übrigens hierhergekommen?"

„Mit dem Auto meiner Mutter."

„Aha". In der nachfolgenden Stille hörten beide das Schnappen eines Türschlosses.

„Was war das?" fragte Rena und sah nervös zur Tür.

„Oh, vermutlich ein Geräusch aus der Nachbarwohnung, das Haus ist sehr hellhörig" antwortete Kai. Wenige Sekunden später glaubte er ein leises Schnappen abermals zu hören.

Er nahm sein Handy und wählte. Als die Verbindung zustande kam, sagte er: „Kannst du auf einen Sprung zu uns herüberkommen...ja, eine junge Frau, die ihre Mutter als vermisst melden will......richtig......natürlich tue ich das...Kaffee oder Espresso?" Kai beendete die Verbindung und sagte zu Rena: „Möchten Sie auch einen Kaffee?"

Sie nickte, und Kai ging zum Küchenblock, um die Kaffeemaschine in Gang zu setzen.

Als es wenig später klingelte, stand Jan Köller vor der Tür. Nach dem allgemeinen Bekanntmachen und nachdem der dampfende Kaffee vor ihnen stand, brachte Kai Jan unter Zuhilfenahme seiner Notizen auf den neuesten Stand. Auch den Zettel mit der Telefon-Nummer reichte er ihm. Jan zückte sein Phone und wählte. Nach dem 3. Klingeln meldete sich eine Stimme vom Band: „Eis und Feuer. Montag ist unser Ruhetag. Sie erreichen uns dienstags bis samstags in der Zeit von 11.00 Uhr bis Mitternacht. Am Sonntag von 10.00 bis 23.00 Uhr."

Jan schüttelte mit dem Kopf: „Ein gastronomischer Betrieb, der heute Ruhetag hat." Und zu Rena gewandt „Ich kümmere mich sofort morgen Vormittag darum."

Rena stand auf. „Ich schlafe heute Nacht bei einer Freundin. Mit ihr wollten meine Mutter und ich eigentlich für ein paar Tage nach Amrum. Ihre Eltern haben dort ein kleines Häuschen. Aber mir ist so gar nicht nach Urlaub. Ich denke, ich bleibe hier."

„Wissen Sie", sagte Kai „ich glaube wegzufahren ist gar keine so schlechte Idee. Hier können Sie ohnehin nichts tun, und wir haben ja ihre Handynummer, wenn wir Sie erreichen wollen. Vielleicht gelingt es Ihnen, ein wenig Abstand zu gewinnen."

„Na gut, ich denke darüber nach. Vielen Dank für alles, und entschuldigen Sie, dass ich Ihren Feierabend gestört habe."

„Kein Problem. Fahren Sie vorsichtig!"

Die Tür schloss sich hinter Rena.

Jan fragte: „Hat sie etwas gemerkt?"

„Nein, ich glaube nicht. Ich habe gesagt, es sei ein Geräusch aus der Nachbarwohnung gewesen".

Jan grinste. „ So kann man es auch nennen. Du musst unbedingt den Schnapper der Verbindungstür wieder einmal ölen."

Kai nickte und holte die Flasche Grappa aus dem Schrank. „Magst du?" fragte er. Jan zeigte mit Daumen und Zeigefinger, wie viel er haben wollte.

„Was war das heute mit deiner Frauenleiche?" fragte Kai

„Genickbruch, ein oder zwei Tage im Wasser, unklar ob Unfall oder Fremdverschulden. Sie war nur mit einem Slip bekleidet. Alle weiteren Fakten liefert die Gerichtsmedizin bis morgen Mittag...Ist es ok. wenn ich gleich schlafen gehe, ich bin geschafft."

„Geh nur, ich werde heute auch nicht alt, und wer weiß, welche Überraschungen uns morgen ins Haus stehen. Gute Nacht."

„Schlaf gut."

Der Mann mit den langen grauen Haaren stutzte, als er das Bündel halb im Wasser liegen sah. Dass es sich nicht um Altkleider handelte, war ihm sofort klar. Langsam näherte er sich, kniete nieder und legte seine zitternden Finger an die Halsschlagader der Frau. Nur ganz schwach vernahm er ein unregelmäßiges Pochen. Er stand auf und sah sich um. In der Nähe der beiden alten Container, die er und zwei andere Nichtsesshafte bewohnen, sah er eine Gestalt am Boden sitzen und rauchen. Er stieß einen gellenden Pfiff aus, worauf die Person sich erhob und zu ihm herübersah. Er winkte. Langsam setzte sich der Mann in Bewegung. Auch er hatte ungepflegte lange graue Haare, die er zu einem Knoten am Hinterkopf festgesteckt hatte. Als er auf Rufweite herangekommen war, sagte der erste Mann:

„Hier liegt eine Frau, mehr tot als lebendig. Wir müssen Sie zu unseren „Villen" bringen. „ Such Strandgut, das mindestens einen Meter lang ist, und komm so schnell wie möglich zurück, hörst du?"

„Ja, Doc" sagte der andere Mann.

„Nun mach schon, Otto, wenn sie hier stirbt, haben wir die Bullen am Hals. Willst du das?"

„Nee, schon gut".

Otto rannte am Ufer entlang und bückte sich mehrmals, ohne aber das Gewünschte zu finden. Der, den er Doc genannt hatte, fühlte die Haut an den Armen der Frau. „Unterkühlt" murmelte er. Er betastete die Gliedmaßen, konnte aber keinen

21

Bruch feststellen. Zuletzt sah er sich den Schädel an. Dort fanden sich zwei riesige Hämatome, die Schwellung reichte bis zur Stirn und um die Augen herum. „Brillenhämatom" murmelte er.

Er suchte mit den Augen nach Otto und sah, dass der sich bereits auf dem Rückweg befand. Und zwei lange Äste hinter sich herzog.

Geschickt fertigte „Doc" aus seinem Mantel und den beiden Ästen eine Behelfstrage. Vorsichtig bettete er die Frau darauf, und gemeinsam zogen sie die Verletzte zu den Containern. Dort angekommen legte er die Frau auf seine Matratze und wickelte sie in alle verfügbaren Kleidungsstücke und in die alte Decke, die er als Schutz gegen die Winterkälte besaß. Dann entfachte er draußen ein Feuer, kochte Wasser aus dem Fluss ab und fügte eine Hand voll Kräuter, die er im Marschland gefunden hatte, hinzu. Löffelweise flößte er der Frau die Flüssigkeit ein. Er massierte ihre Handgelenke, prüfte immer wieder ihre Lider, bis sie plötzlich von einem Hustenreiz geschüttelt wurde. Sie verzog dabei schmerzhaft das Gesicht. Eine Weile später, Doc hatte ihr fast eine ganze Tasse des Gebräus eingeflößt, begannen ihre Lider zu zittern. Sie öffnete die Augen, konnte ihren Blick jedoch nicht fokussieren. Dies geschah in der nächsten halben Stunde noch öfter. Doc überprüfte immer wieder den Puls.

Als von draußen Stimmen zu ihm drangen, ging er vor die Tür. Dort standen Otto und sein Mitbewohner, der von Allen Zorro genannt wurde, wegen seines schwarzen Hutes, des schwarzen Halstuchs und einer ebensolchen Weste. Auf seinem Rücken hing seine Gitarre.

„Stimmt es, Doc, du hast ne Frau gefunden?" fragte er

Doc nickte. „Ob sie durchkommt, kann ich noch nicht sagen, aber sie hat zumindest schon ein paarmal die Augen geöffnet."

„Kann ich sie mal sehen?" fragte Zorro.

Doc öffnete die Tür für Zorro, und dieser kniete sich vor das Lager und betrachtete das Gesicht der Frau eingehend.

„Nie gesehen" sagte er. „Weder aufm Strich noch auf der Rolle...und wat jetz?"

„Wir müssen abwarten" sagte Doc. „Mehr kann ich momentan nicht tun."

„Ich hau mich hin, war die ganze Nacht auf den Beinen" sagte Zorro und verschwand im anderen Container, vor dem Otto mit einer angebrochenen Flasche Fusel saß.

„Komm rüber Doc, frühstücken" rief er, aber zu seinem Erstaunen schüttelte Doc den Kopf.

„Jetzt nicht" sagte er und machte noch einmal sein Kräutergebräu, das er diesmal auch selbst trank. Er suchte nach etwas Essbarem und fand einen Kanten Brot, der zwar hart, aber eingeweicht in den „Tee" durchaus genießbar war, und den ersten Hunger stillte.

In einer Ecke des Containers kramte er in einer fadenscheinigen Tasche nach ein wenig Bargeld und Tabak. Dabei fand er eine noch fast volle Flasche Wein.

Im Gegensatz zu seinen beiden „Kumpels" trank er keinen Schnaps. Und immer nur gerade so viel, dass es zum Vergessen reichte, nicht aber zu einem totalen blackout führte. Er wusste, dass er eines Tages die Kontrolle über den Alkohol verlieren würde, aber noch war es nicht so weit....

Doc, dessen eigentlichen Namen niemand zu kennen schien, war vor mehr als einem Jahr in Hamburg gestrandet. Dort hatte er Otto gefunden, der in einer Hintergasse auf Sankt Pauli zusammengeschlagen worden war. Er hatte ihn versorgt und sehr schnell festgestellt, dass Ottos geistige Fähigkeiten begrenzt waren. Ohne eine Ausbildung und mit nur wenigen Jahren Schulbildung, hatte Otto eine Zeit lang für einen Hungerlohn im Hafen gearbeitet. Dann, als er lieber trank, als aß, verlor er auch diesen Job und war zum Stadtstreicher geworden. Irgendwann hatte er sich mit den falschen Leuten angelegt, und die hatten ihm eine ordentliche Abreibung verpasst.

Da für Otto das Pflaster auf Sankt Pauli zu heiß wurde, und Doc vom Nachtleben, das geprägt war von Alkohol, Sex und Gewalt, die Nase voll hatte, zogen beide Richtung Wedel. Dort fanden Sie eines Tages an der Grenze zum Marschland zwei angeschwemmte Container, voll mit alten Kleidern. Auf Docs Initiative hin sortierten sie aus, was sie selbst brauchen oder verscherbeln konnten, säuberten die Container so gut es ging und richteten sich „wohnlich" ein. Von einem seine Streifzüge nach Pfandflaschen brachte Otto Zorro mit, der als Straßenmusikant sein Dasein fristete. Er bewohnte eine schäbige Kammer in einem schäbigen Haus, in dem es nach altem Fett, ungewaschenen Körpern und noch Ekligerem roch. Er erkaufte sich ein gelegentliches Wohnrecht im Container durch den Fusel, den er Otto mitbrachte und vermietete seine Bleibe gegen Vorkasse stundenweise an Leute mit dem entsprechenden Bedarf. Über seine privaten Verhältnisse hatte Zorro nie gesprochen, genauso wenig wie Doc, doch jeder wusste vom anderen, dass er eine gewisse Bildung besaß. Sie vertrugen sich und lebten ihr eigenes Leben.

Als wertvollsten Schatz besaßen die drei ein altes Fahrrad, das eines Tages angeschwemmt worden war. Sie richteten es so weit her, dass man darauf fahren konnte, und jeder nahm es, wenn er schnell nach Wedel oder zur Bahnlinie musste.

Doc rief nach Otto, sah aber ein, dass er ihn nicht damit betrauen konnte, auf die Frau aufzupassen, da Ottos Alkoholpegel schon am oberen Rand dümpelte. Er verschloss den Container, schwang er sich aufs Rad und fuhr nach Wedel.

Am äußeren jenseitigen Stadtrand, abseits von der Straße, stand ein kleines Häuschen. Davor stieg er ab, holte den Schlüssel aus einem Blumentopf, der unter dem Gesträuch vor dem Haus versteckt war, und betrat das Haus. In der Wohnstube lag Elisabeth auf dem Sofa und schlief. Doc beugte sich über sie und fühlte ihren Puls. Dann ging er in die Küche, blickte in den alten Kühlschrank, dessen Kühlung laut und deutlich schnurrte. Mit dem, was er sah, war er zufrieden. Auf der Spüle stand ein benutzter Teller. Gut so. Er lief die Treppe hoch, wo sich neben einem Schlafzimmer, das früher vom Sohn der alten Dame bewohnt worden war, noch ein weiterer Raum, in dem ein paar alte Möbel standen, befand. Unter der Kommode zog er eine Kiste hervor und öffnete sie. Aus dem Umschlag, der sich darin befand, nahm er ein paar Geldscheine. Dann verstaute er alles wieder und ging nach unten. Er verschloss die Tür sorgfältig und versteckte den Schlüssel an seinem Platz. Dann fuhr er zurück nach Wedel. Vor der Apotheke hielt er an und trat ein.

Die Apothekerin lachte ihn an. „Na was brauchen wir denn heute?" fragte sie.

Doc sagte es ihr und sie stutzte. „Betreuen Sie noch mehr Leute? Für die alte Elisabeth ist das doch wohl nicht?"

Er schüttelte mit dem Kopf. „Richtig, ich kümmere mich noch um ein paar Leute mehr."

Die Frau packte die gewünschten Sachen in eine Tüte und sagte: „Ich habe ihnen noch ein Paket Monatsbinden mit hinein getan. Die sind heute so gut wie gar nicht mehr gefragt." Doc bedankte sich und fragte: „Kann ich die Sachen noch kurz bei Ihnen lassen, ich muss noch in den Supermarkt."

„Klar, kaufen Sie in Ruhe ein, ich bin noch bis halb Eins hier."

Im Supermarkt wählte Doc bedächtig einige Lebensmittel aus und blieb vor dem Weinregal stehen. Seine bevorzugte Marke stand ganz unten. Er überlegte. Dann drehte er sich um, ohne eine Flasche genommen zu haben, und ging zur Kasse.

In der „Villa" war bei seiner Rückkehr alles unverändert. Er verstaute seine Einkäufe und sah nach Otto, der eingerollt wie eine Katze vor dem anderen Container schlief, aus dem laute Schnarchlaute drangen.

Er kochte wieder Wasser ab und tat in einen Blechbecher, dessen Emailschicht abgeblättert war, und der jede Menge Beulen aufwies, etwas von dem Pulverkaffee, den er gekauft hatte. Dann setzte er sich auf die Schwelle seines Containers und dachte nach.

Gut 10 km weiter saßen zu diesem Zeitpunkt drei Männer auf einer Terrasse, und die Gläser vor ihnen konnten nicht darüber hinweg täuschen, dass es sich um alles andere als eine fröhliche Gesellschaft handelte.

Der schwarzhaarige Ralf sagte soeben. „Sie haben sie gefunden, steht heute in der Zeitung!"

Gregor fragte: „Welche jetzt?"

„Lisa".

„Und die Marion?"

„Nichts. Weder im Netz noch in der Zeitung."

Bernie mischte sich ein: „Kann uns nur recht sein. Wir haben damit doch nichts zu tun."

Ralf warf ihm einen ärgerlichen Blick zu. „Wenn du Marion nicht einen über den Schädel gezogen hättest, hatten wir ein Problem weniger. Lisas Sturz war schließlich ein Unfall. Marion hätte das sicher bestätigt, sobald sie wieder nüchtern gewesen wäre. Wenn wir jetzt aber durch irgendeine Unvorsichtigkeit auffallen, haben wir zwei Mordanklagen am Hals. Denk mal darüber nach, bevor du so einen Blödsinn redest."

Gregor hob beruhigend die Hände: „Seid friedlich" sagte er „und ich glaube nicht, dass sich eine Spur zu uns zurückverfolgen lässt. Lisa hatte jede Menge Bekanntschaften, und Marion habe ich von einem öffentlichen Telefon aus angerufen. Und mein Name ist nicht gerade selten, falls sie ihn – entgegen meiner Bitte – an irgendjemand weitergegeben haben sollte.

„Hast du wieder die Show mit „meine Frau braucht davon ja nichts zu wissen" abgezogen?" fragte Bernie.

„Na und? Funktioniert großartig. Damit ist gleich klar, wohin der Hase läuft, ohne dass man viel Persönliches preisgeben muss."

„Großartig! Ich krieg gleich Brechdurchfall", sagte Ralf. „Was ist denn an der Situation großartig? Wir sitzen hier und warten auf die Katastrophe. Bei jedem Geräusch denke ich, die Bullen stehen vor der Tür, weil es eben doch eine undichte Stelle gegeben hat. Schließlich hat ja keiner von uns damit gerechnet, dass unsere kleine Sex-Kreuzfahrt mit zwei Leichen enden würde."

Gregor sah von einem zum anderen: „Ich schlage vor, wir gehen jetzt alle wieder unseren üblichen Beschäftigungen nach, so wie wir es immer tun. Ralf fährt in seine Galerie, Bernie nervt die Angestellten seines Vaters im Reinigungsbetrieb, und ich begebe mich ins Hotel und kümmere mich um die Abrechnungen."

Sie tranken lustlos aus und brachen auf.

Der Mann stand blass aber gefasst in der Gerichtsmedizin und nickte mit Blick auf die tote Frau.

„Ja", sagte er leise, „das ist meine Frau, Lisa Neumann. Kann ich jetzt gehen?"

Jan Köller nickte. „Mein herzliches Beileid. Ich muss Sie aber bitten, mit in mein Büro zu kommen. Ich habe noch ein paar Fragen an Sie."

Er nickte dem Pathologen zu und verließ mit dem Mann den Raum.

In seinem Büro, nachdem Herr Neumann Platz genommen hatte, sagte Jan: „Es verwundert mich, dass Sie Ihre Frau nicht als vermisst gemeldet haben. Wie der Pathologe festgestellt hat, kam sie am Samstagnachmittag zu Tode. Heute ist Dienstag! Können Sie mir das erklären?"

Nach kurzem Zögern sagte der Mann: „Unsere Ehe besteht praktisch nur noch auf dem Papier. Wir wohnen zwar im selben Haus, ich bewohne aber nur die obere Etage und habe vom Garten aus einen eigenen Aufgang. Lisa und ich sind uns so gut wie möglich aus dem Weg gegangen."

„Darf ich nach den Grund der Trennung fragen?"

„Nun, Lisa führte ein..." er zögerte bevor er fortfuhr „ein unstetes Leben. Sie ist...sie war um einiges jünger als ich und hatte viele Bekanntschaften, wenn Sie verstehen, was ich meine. Es ging einfach nicht mehr. Und so haben wir uns räumlich getrennt. Jeder lebte sein eigenes Leben. Die einzige Einschränkung, auf der ich bestanden habe, war, dass sie keinen ihrer Liebhaber mit in unser Haus bringen soll."

„Wie lange sind sie schon getrennt?"

„Fast genau zwei Jahre lang".

„Und wo waren Sie am vergangenen Samstag, zwischen Mittag und Abend?"

Ein ungläubiger Blick traf Jan. „Wollen Sie mir unterstellen...?

„Ich unterstelle gar nichts, aber ich muss Sie das fragen."

„Ich habe erst einmal lange geschlafen, und gegen halb elf bin ich mit dem Motorrad nach Jever gefahren. Ein Arbeitskollege ist mit mir gefahren. Wir haben dort ein paar Freunde getroffen, alles Motorradfans. Abends haben wir dann in einem Gartenlokal gegessen und gegen 21 Uhr bin ich zurück gefahren. Die Namen der anderen Männer kann ich Ihnen gerne geben."

Jan nickte, schob dem Mann einen Block zu und reichte ihm einen Kuli.

Nachdem Herr Neumann fünf Namen und Telefon-Nummern aufgeschrieben hatte, fragte er: „Wie ist das jetzt mit der Beerdigung?"

„Sie können einen Bestatter beauftragen" sage Jan. „Von unserer Seite steht dem nichts im Wege."

Der Mann nickte und verließ das Büro.

Jan griff zum Telefon und wählte die Nummer, die Rena ihm am Vorabend ausgehändigt hatte.

Nach längerem Klingeln meldete sich eine mürrische Stimme: „Eis und Feuer, was gibt's?"

„Wie ist Ihre Anschrift?"

„Schau ins Telefonbuch, du Pfeife." Dann wurde aufgelegt.

Jan suchte im Computer nach dem entsprechenden Eintrag und fand die Adresse in Hamburg sofort. Es gab nur ein Lokal mit diesem Namen.

Eine halbe Stunde später stand er vor dem Restaurant. Es war ein Eissalon mit Grillrestaurant. Unscheinbar von der Straßenseite her, hatte es im hinteren Teil eine riesige Terrasse, die zu dieser noch frühen Stunde bereits gut gefüllt war. Jan suchte sich seinen Weg zum Tresen im Inneren und sah sich einem vierschrötigen Mann gegenüber, dessen gutmütiges Kindergesicht nicht zu der Figur passen wollte. Er ließ seinen Blick weiter schweifen und sah an der Theke ein Handy in einem Kasten liegen, der offenbar von einem Hobbybastler so gestaltet worden war, dass man zwar telefonieren, das Gerät aber nicht entwenden konnte. Er wählte die Nummer, die er bereits vom Büro aus angewählt hatte, und richtig: das Telefon schellte. Bevor der Mann hinter der Theke reagieren konnte, hatte Jan wieder aufgelegt, ging zum Tresen und sagte:

„Ich bin die Pfeife, die vorhin hier angerufen hat." Dabei zückte er seinen Dienstausweis. Der Barkeeper bekam große Augen. „Konnte ich ja nicht wissen" sagte er kleinlaut.

Jan grinste ihn an: „Wenn Sie mir ein paar Fragen beantworten, vergessen wir die Angelegenheit."

„Was wollen Sie wissen?"

Jan reichte ihm das Foto von Marion Berkhof über den Tisch. „Kennen Sie diese Frau?"

Der Keeper schüttelte den Kopf. „Nicht, dass ich wüsste."

Auch das Bild von Lisa betrachtete er genau und schüttelte den Kopf. Dann sagte er: „Wenn es nachmittags und abends richtig voll ist, stehe ich nur hinter dem Tresen. Wenn also jemand draußen sitzt, bekomme ich ihn gar nicht zu Gesicht."

„Und Ihre Kellner, könnte ich die fragen?"

„Die Sache ist die, wir beschäftigen ein Heer von Studenten auf Stundenbasis. Die bekommen, wenn Ihre Schicht um ist, ihren Lohn. Manche waren nur ein oder zweimal hier, andere kommen öfter. Aber wer wann hier war, kann ich Ihnen beim besten Willen nicht sagen. Die, die regelmäßig kommen, haben Karten, die der Kalle, der die Oberaufsicht über die Kellner hat, abzeichnet, damit die Studenten ihr Geld bekommen. Aber der Kalle kümmert sich nur ums Geschäft, Einkauf, Löhne und so. Der hat nichts mit dem Publikum am Hut."

„Ok, andere Frage: Wer benutzt dieses Telefon?"

„Das ist das Kundentelefon. Jeder, der ein Taxi braucht oder bei der Braut Schönwetter machen muss, weil er versackt ist, kann damit telefonieren. Deswegen ist es diebstahlfest verpackt."

Wird hier auch schon mal angerufen?"

„Eher selten. Hat sich wohl rumgesprochen, dass ich nicht ne Durchsage machen kann, wenn jemand gesucht wird."

„Und die dunkelhaarige Frau hat hier vor 3 oder 4 Tagen sicher nicht telefoniert?"

„Ne, zumindest nicht während ich hier war...und ich bin fast immer hier."

„Dann brauche ich einen Verbindungsnachweis über alle Gespräche, die in den letzten Tagen von hier aus geführt wurden oder hier eingegangen sind."

„Das sagen Sie am besten dem Kalle. Durch die Tür, die Treppe hoch, gleich die erste Tür ist sein Büro."

„Kalle" der sich als Karl Milinski vorstellte, hatte keinerlei Einwände und Jan veranlasste das Nötige.

Da er schon einmal unterwegs war, besuchte er den Eissalon von „Doro". Kai hatte nicht vergessen zu erwähnen, dass Marion Berkhof von dieser Frau gesprochen hatte.

Das kleine Eiscafé machte einen gemütlichen Eindruck und schien vorwiegend von der Laufkundschaft zu leben. Hinter der Theke standen zwei Frauen, und im hinteren Bereich arbeitete ein Mann an der Eismaschine.

Jan wies sich aus und fragte, wer „Doro" sei. Die jüngere der beiden Frauen, die sich als Besitzerin des Eissalons zu erkennen gab, fragte nach seinem Begehr.

„Kennen Sie Marion Berkhof?"

„Ja, sie kommt öfter auf ein Eis vorbei. Wohnt hier in der Nähe, wo genau weiß ich nicht, aber ich glaube die Straße runter und dann die zweite links."

„Wissen Sie, wann sie zuletzt hier war?"

„Es war Dienstag oder Mittwoch. Sie hat erzählt, dass ihre Tochter zu Besuch kommt und mich gefragt, wo man preiswert ausgefallene Sachen finden kann. Aber warum fragen Sie mich das alles? Fragen Sie sie doch selbst."

„Das ist leider nicht möglich."

„Oh mein Gott, es ist ihr doch wohl nichts passiert?"

„Wir wissen es nicht. Sie ist verschwunden!"

„Aber bestimmt nicht freiwillig. Sie hat sich so auf den Besuch ihrer Tochter gefreut, da wäre sie niemals weggegangen."

„Ja, vielen Dank für Ihre Auskünfte. Schönen Tag noch."

In seinem Büro listete Jan die Fragen auf, die sich aus den Fakten ergaben:

Wo war Lisa Neumann verunglückt?

Der Pathologe war von einem Unfall ausgegangen, da keine Abwehrverletzungen erkennbar waren, der Blutalkoholgehalt 1,8 %o betrug und weitere Substanzen im Blut festgestellt worden waren, die auf den Konsum von Drogen hinwiesen.

Wurde sie nach dem Unfall ins Wasser geworfen oder fiel sie selbst hinein?

Mit wem war sie vor dem Unfall zusammen gewesen?

Der Pathologe hatte Spuren von kürzlich vollzogenem Geschlechtsverkehr festgestellt, auch hier keine Gewaltanwendung. Allerdings auch kein Sperma, also einvernehmlich mit Kondom.

Warum hatte oder hatten sich die Person(en), mit denen sie zuletzt zusammen war, nicht gemeldet?

Auf das Bild und den Zeitungsartikel hatte lediglich der Ehemann reagiert.

Und stand der Tod von Lisa Neumann in einem Zusammenhang mit dem Verschwinden von Marion Berkhof?

Und schließlich: Wo war Marion Berkhof?

Frustriert musste er zugeben: Er steckte fest und kam nicht weiter.

Jan und Kai saßen beim Kaffee nach dem Essen. Sie hatten beide vor und während des Essens Jans Fall oder die Fälle diskutiert. Kai war der Meinung, dass zwar ein Zusammenhang zwischen der toten und der verschwundenen Frau nicht zwangsläufig bestehen müsste, wollte es aber auch nicht ausschließen. Also riet er Jan, in beide Richtungen weiter zu ermitteln.

Jan sagte gerade: „Soweit war ich auch schon, nur habe ich momentan nichts, wo ich ansetzen könnte. In Lisa Neumanns Fall hat der oder haben diejenigen, die sie eventuell ins Wasser geworfen haben – und ich sage extra eventuell! – sich eines Unfalls mit Todesfolge oder nur der Störung der Leichenruhe schuldig gemacht. Unser Doc hat Genickbruch festgestellt und war der Meinung, dass jede Hilfe zu spät gekommen wäre. Also stelle ich diesen Fall erst einmal hintenan. Die verschwundene Frau zu finden, hat Priorität."

Kai sah gedankenverloren vor sich hin. „Was diese Doro gesagt hat, leuchtet ein. Freiwillig ist sie bestimmt nicht weggeblieben, da sie wusste, dass Rena kommt. Also solltest du da vielleicht von einem Gewaltverbrechen ausgehen. Wann kommt die Suchmeldung in die Medien?"

„Im Fernsehen wird heute Abend das Bild bei jeder Nachrichtensendung eingeblendet. Morgen erscheint es in den Zeitungen."

„Hoffen wir mal, dass sich wenig Wichtigtuer melden und dafür vielleicht ein brauchbarer Hinweis kommt."

„Dein Wort in Gottes Ohr."

Kais Telefon schellte. Als er sich meldete, hörte er ein Schluchzen am anderen Ende. Vorsichtig fragte er: "Rena?" Ein Nasenschniefen und danach ein leises „ja" waren die Antwort.

„Was ist geschehen?"

„Ich bin nicht mit weggefahren, ich konnte einfach nicht." Wieder Schluchzen. „Und dann habe ich den Aufruf ihm Fernsehen gesehen... und ich bin so verzweifelt, ich weiß nicht, was ich machen soll...können Sie nicht herkommen?"

„Einen kleinen Moment, bitte."

Er hielt die Hand übers Telefon. „Es ist Rena. Sie ist völlig aufgelöst. Sie möchte, dass ich zu ihr komme. Du weißt, dass ich nicht in die Wohnungen von Klienten gehe, aber ich denke, in diesem Fall sollte ich eine Ausnahme machen. Wie siehst du das?"

Jan nickte. „Fahr zu ihr und beruhige sie."

Er nahm die Hand vom Telefon und sagte: „Ich bin in 20 Minuten bei Ihnen."

Rena hatte alle Räume hell erleuchtet. Ihr Gesicht war gerötet, ihre Augen verschwollen.

„Ich habe so Angst, dass Mama etwas zugestoßen ist" war das Erste, das sie sagte, als Kai die Wohnung betrat.

Er sah sich im Wohnzimmer um. Es war gemütlich eingerichtet. Eine dunkelblaue Sitzgruppe und ein Glastisch standen auf einem beigen Teppich, die beiden Fensterbänke waren mit wunderschön geformten farbigen Glasgefäßen dekoriert. Zwei große Zimmerpflanzen verschönten die Seiten des Zimmers, und gegenüber der Couch stand ein asymmetrischer Schrank, in dem auch ein Fernsehgerät untergebracht war. Ein Eckschrank voller Bücher vervollständigte die Einrichtung.

„Darf ich mir die anderen Räume auch noch ansehen?" fragte Kai, und Rena nickte dazu.

„Sie können sich alles ansehen. Ich koche einen Kaffee. Ist das ok?".

„Gern, bitte ohne alles für mich."

Er ging zurück in die Diele und folgte Rena in eine kleine aber funktionale Küche. Daneben schloss sich das Badezimmer an, auch hier alles sauber und aufgeräumt. Gegenüber lagen das Schlafzimmer von Marion Berkhof und ein kleines, etwa 8 qm großes Kinderzimmer, in dem die Tasche und der Rucksack von Rena standen.

Kai ergriff in der Küche die Kaffeekanne, während Rena die Tassen auf den Tisch im Wohnzimmer stellte. Sie hatte sich ein wenig beruhigt und bemühte sich, langsam und mit gefestigter Stimme zu sprechen.

„Sehen Sie" sagte sie zu Kai, „wenn meine Mutter in absehbarer Zeit nicht wiederkommt, was mache ich dann mit der Wohnung? Mit meinen Nebenjobs kann ich für mich und mein Studium sorgen, ich bekomme ja auch BAföG, aber ich kann die Wohnung nicht behalten. Und wenn Mama dann eines Tages doch wieder auftaucht, was dann?"

Wieder traten ihr Tränen in die Augen, die sie aber tapfer wegblinzelte.

„Ich möchte gerne hier auf sie warten, aber gleichzeitig sagt mir mein Kopf, dass es sinnvoller wäre, zurück nach Bochum zu fahren und die Semesterferien dazu zu benutzen, Geld zu verdienen. Ich bin so zerrissen und kann mich für nichts wirklich entscheiden."

Kai ließ sie reden und schwieg auch in den Redepausen. Indem Rena ihre Problematik aussprach, würde sie die für sie sinnvollste Lösung selbst herausfinden. Sie fuhr fort:

„Für diesen Monat ist die Miete ja schon bezahlt. Was glauben Sie, kann ich die Wohnung weiter vermieten? Sozusagen auf Abruf. Damit Mama, wenn sie wiederkommt, einziehen kann. Dann wären die Kosten gedeckt, und sie würde ihr Zuhause behalten", und nach einer langen Pause: „Sie glauben doch auch, dass sie wiederkommt, oder?"

„Im Moment ist noch alles Spekulation" sagte Kai. „Es gibt keinen Anhalt, weder für noch gegen ein Wiederauftauchen. Aber bei dem Wohnungsproblem kann ich Ihnen vielleicht helfen. Geben Sie mir ein oder zwei Tage Zeit......Was studieren Sie eigentlich?"

„Theaterwissenschaft und Schauspiel."

„Das ist sicher sehr interessant."

„Ja, ich habe Glück und kann immer mal wieder in der Edelkomparserie arbeiten, das bringt ein paar Euro zusätzlich. Jetzt, während der Semesterferien ist außerdem für einige Theater Freilicht-saison..."

„..die Sie aber nicht wahrnehmen können, weil Sie hier sind" vollendete Kai den Satz.

Sie nickte und nippte an ihrem Kaffee. Dann sagte sie: „Ich fahre am Wochenende zurück nach Bochum. Ich darf sie doch auch von dort anrufen, nicht wahr?"

„Natürlich, wir bleiben in Verbindung."

„Ich kann Ihnen gar nicht sagen, wie dankbar ich Ihnen bin."

„Schon gut. Sie sollten jetzt versuchen zu schla-fen. Ich melde mich morgen oder übermorgen bei Ihnen". Kai stand auf und ging zur Tür. Er blickte auf Rena, die klein und verloren auf der Couch saß. „Kopf hoch" sagte er, „wir finden Ihre Mutter!"

In seinem Kopf sagte eine leise Stimme: „Fragt sich nur... wie?"

Gregor hatte gerade mit der Abendschicht an der Rezeption gesprochen, als sein Handy vibrierte. Als er Ralfs Nummer sah, ging er zurück in sein Büro und schloss die Tür.

„Was gibt es?" fragte er nicht eben begeistert.

„Hast du Nachrichten gesehen? Sie haben es im Fernsehen gebracht?"

„Was genau haben sie gebracht?"

„Sie suchen Marion. Du weißt schon...sachdienliche Hinweise und so weiter."

„Das heißt, sie haben sie noch nicht gefunden. Kann uns nur Recht sein, je länger sie verschwunden bleibt, desto geringer ist die Chance, noch irgendwelche Spuren zu finden, die Rückschlüsse zulassen. Also reg dich ab."

„Und wenn sie jemand am Bootssteg gesehen hat?"

„Da war niemand. Wegen Lisa hat sich doch offensichtlich auch noch niemand gemeldet. In ein paar Tagen sind andere Sachen aktuell, dann kräht kein Hahn mehr danach. Verlier jetzt nicht die Nerven!"

„Das sagt sich so einfach. Bei jedem Besucher, der in die Galerie kommt, geht mir der Arsch auf Grundeis. Und das alles nur, weil Bernie so ein Idiot ist."

„Reiß dich zusammen – und vor allen Dingen: Lass die Finger vom Alkohol und allem anderen! Hast du das verstanden?"

„Ja, hab ich. Tschüss!"

Gregor steckte sein Handy ein und fluchte leise.

Doc saß fast zwei Stunden lang regungslos und überlegte. Dann stand er auf und sah nach der Frau. Ihr Puls ging kräftiger als vorher, aber ihr Atem rasselte. „Lungenentzündung" konstatierte er und gab eine entsprechende Menge Antibiotikum in das abgekochte Wasser. Vorsichtig flößte er es der Frau ein. Dann legte er sie wieder zurück. Er hatte einen Teil der Kleidungsstücke unter ihren Kopf und Rücken gepackt, damit sie besser Luft bekam. Letztendlich war das jedoch keine Lösung. Sie brauchte ein vernünftiges Lager, ein festes Dach über dem Kopf, und warme Mahlzeiten – und vor allen Dingen sauberes Wasser. Am einfachsten wäre es, sie bei Elisabeth unterzubringen, nur wie sollte er sie dahin transportieren? Wenn er einen Fahrradanhänger hätte...dachte er. Natürlich konnte er auch in Wedel fragen, ob jemand die Frau im Auto transportieren würde, aber es widerstrebte ihm, ihr Vorhandensein preiszugeben, so lange er die Umstände ihres Unfalls oder was immer es gewesen sein mochte, nicht kannte.

Langsam formte sich in seinem Kopf ein Plan, und als Zorro verschlafen aus dem Container kam, um am Ufer seine Notdurft zu verrichten, wusste er plötzlich, was er tun musste.

„Komm mal rüber", rief er Zorro zu, als dieser sich wieder seinem Container zuwandte.

Zorro schlurfte heran. „Was is'n?"

„Ich schlage dir einen Deal vor: Du bekommst meinen Container, wenn du mir einen Fahrradanhänger besorgst."

„Was hast'n vor?"

„Ich ziehe um."

„Aha".

Und nach einer längeren Pause. „Geht klar. Ich weck Otto. Was is'n sonst noch drin?"

„Kommt drauf an, wie schnell du wieder hier bist."

Zorro lachte. „Hey, das is mal wieder was, das die grauen Zellen fordert. Ich hab auch schon nen Plan. Aber nen Zwanni musste schon noch drauflegen."

„Wie schon gesagt, kommt darauf an, wie schnell ihr seid".

Eine knappe Stunde später zogen beide in Richtung Landstraße. Irgendein Lastauto kam immer mal vorbei, das einen mit nach Hamburg nahm.

Doc nutzte die Zeit und packte alles, was er mitzunehmen gedachte, zusammen und verschnürte die beiden Bündel. Dann versorgte er die Frau erneut mit Medikamenten. Sie hatte Fieber, und das gefiel ihm ganz und gar nicht. Er betrachtete sie eingehend. Sie war trotz ihrer Blessuren gepflegt, hatte kurze Fingernägel, glatt gezupfte Brauen, lackierte Fußnägel. Auch ihre Kleidung, die zwar arg ramponiert war, hatte eine gute Qualität. Nichts aus dem Billig-Shop.

„Wenn alles gut geht, bist du heute Abend schon, mit einem heißen Tee im Magen und nach einer gründlichen Wäsche in einem ordentlichen Badezimmer, in einem vernünftigen Bett," sagte er zu ihr, wohl wissend, dass sie keines seiner Worte hörte.

Als er sich vergewissert hatte, dass sie schlief und richtig gelagert war, bestieg er das Fahrrad und fuhr nach Wedel.

Elisabeth war wach, als er die Tür aufschloss.

„Klaus, bist du das?" fragte sie.

Und er gab „ja, Mama" zur Antwort.

Als er Elisabeth das erste Mal gesehen hatte, war sie nicht vollständig dement gewesen. Die Vergangenheit war in ihr noch sehr lebendig. So erzählte sie ihm, dass sie früher einen landwirtschaftlichen Betrieb hatten, den der Sohn aber nicht übernehmen wollte. Deshalb hatten ihr Mann und sie den Hof verkauft und sich in das Häuschen zurückgezogen, das zu besseren Zeiten von einem Landwirtschaftshelfer und seiner Frau bewohnt worden war. Ihr gemeinsamer Sohn Klaus hatte in einer Autowerkstatt eine Lehre gemacht und nach der Ausbildung eine Anstellung in einer größeren Werkstatt in Hamburg gefunden, die auch ein paar sehr reiche Kunden und deren Wagen betreute. Einer dieser Kunden hatte Klaus gefragt, ob er für ihn als Fahrer arbeiten wolle. Klaus hatte angenommen, und war nur noch selten bei seinen Eltern zu Besuch gewesen. In den 80er Jahren – an das genaue Datum – konnte er sich rückblickend nicht mehr erinnern - wurden Klaus und sein Arbeitgeber im Auto erschossen. Man sprach von Bandenkrieg, von Mafia, von Konkurrenten, aber gefunden hatte man den oder die Täter nie.

Knapp 10 Jahre später war auch Elisabeths Ehemann verstorben. Danach war sie allein in dem Häuschen geblieben. Sie bekam eine kleine Rente, die sie damals noch selbst abholen konnte. Seit ihr geistiger Zustand sich verschlechtert hatte, hatte Doc das übernommen, schrieb aber immer peinlich genau auf, was er für ihren Bedarf ausgab. Von ihrem Geld hatte er bisher für sich nichts angerührt, lediglich an den Lebensmitteln, die er für sie einkaufte, partizipierte er zuweilen.

Und im Laufe der Zeit hatte Elisabeth es sich in den Kopf gesetzt, dass er ihr Sohn Klaus sei. Sie war immer glücklich, wenn er kam, und Doc hatte nicht das Herz, ihr dieses bisschen Freude zu nehmen.

Sie saß auf der Couch und hatte sich wieder falsch angezogen. Er führte sie behutsam ins Badezimmer und sagte: „Mama, du musst heute baden, und deine Haare müssen wir auch waschen und schneiden."

Sie sah ihn aus wässrigen Augen an: „Aber du musst mir helfen."

Nach dem Bad und dem Haarschnitt, den er ihr, so gut es ihm möglich war, verpasst hatte, sagte er:

„Heute am späten Abend komme ich wieder hierher. Ich ziehe bei dir ein, dann bist du nicht so allein, und ich kann besser für dich sorgen. Ist dir das Recht?"

Sie nickte. „Du hast doch dein Zimmer oben, wieso willst du denn einziehen? Du wohnst doch hier."

Er streichelte ihr über die Wange. „Ich koche dir Essen, danach gehe ich wieder. Aber ab morgen bin ich immer hier."

Sie hatte ihn nicht mehr gehört. Ihr Geist war wieder auf Wanderschaft gegangen.

Kai rief am Morgen Enno an: „Sag mal, wer ist für die Unterbringung der Trainees zuständig?"

„Eigentlich Frau Briesow, aber seit sie krank ist, habe ich den Bereich übernommen. Warum fragst du?"

„Sag mir erst einmal, wo ihr die Leute unterbringt."

„In einem Hotel."

„Und was kostet das?"

„Im Durchschnitt 85 Euro die Nacht."

„Was hältst du davon, eine Wohnung dauerhaft anzumieten, die dich rund 700 Euro im Monat kostet?"

„Warte, ich komme zu dir."

Wenig später hatte Kai Enno seinen Plan bei einer Tasse Kaffee dargelegt. Enno hatte im Kopf überschlagen, dass er damit günstiger wegkam, als wenn er ein Hotelzimmer anmieten musste, und dem Vorschlag zugestimmt. Danach hatte Kai Rena angerufen und ihr mitgeteilt, dass die Firma die Wohnung ihrer Mutter bis auf weiteres übernehmen werde. Das Gespräch mit der Hausverwaltung hatte Enno geführt, und bereits am Nachmittag war alles in trockenen Tüchern.

Rena kam am nächsten Tag nach telefonischer Voranmeldung zu Kai ins Büro und brachte ihm zum Zeichen ihrer Dankbarkeit eine kleine und wunderschön geformte grüne Vase mit. Sie betonte, dass dies ihr Eigentum gewesen sei, und nicht aus den Beständen ihrer Mutter stamme. Er lud sie zum Abendessen in ein nahe gelegenes „Ristorante" ein. Sie sagte zu und fragte: „Kommt Herr Köller auch mit?"

„Wie kommen Sie darauf?" fragte Kai, aber Rene lächelte nur.

„Rufen Sie ihn an" sagte sie „ich würde mich auch gern von ihm verabschieden."

Beim Essen vermieden sie alle das Thema „Marion Berkhof", bis Jan unvermittelt fragte:

„Wo ist eigentlich ihr Vater?"

Rena zuckte mit den Schultern. „Ich weiß es nicht. Er war eine Urlaubsbekanntschaft meiner Mutter, ein Spanier aus Tarragona oder Valencia. Ich habe ihn nie kennen gelernt, weil meine Mutter schon wieder zu Hause war, als sie merkte, dass sie schwanger ist."

„Hat sie ihn niemals Ihnen gegenüber erwähnt?"

„Doch, ich kenne seinen Namen. Aber das ist schon alles. Sie hat nie Kontakt mit ihm aufgenommen."

„Wie hat Ihre Mutter Sie denn großgezogen, sie kann ja noch nicht sehr alt gewesen sein, als Sie zur Welt kamen?"

„Sie war 18 Jahre. Und es war wohl ein großer Skandal, dass sie mich bekam. Meine Großeltern sind sehr konservativ. Für sie war meine Tante Ilona immer das „gute Mädchen"

und meine Mama das schwarze Schaf der Familie. Sie haben mich verwahrt, als ich klein war, meine Mutter haben sie aber rausgeschmissen, sobald sie auf eigenen Füßen stehen konnte."

„Leben Ihre Großeltern noch?"

„Ich denke schon. Seit einigen Jahren habe ich keinen Kontakt mehr zu Ihnen. Früher habe ich sie noch ab und zu besucht, sie wohnen in Mülheim, wir wohnten damals in Oberhausen, und das sind ja nur wenige S-Bahn-Haltestellen bis zu ihnen gewesen. Aber besonders herzlich war das Verhältnis nie. Und dann haben sie mich immer über Mama ausgefragt und auf sie geschimpft, dass ihr Lebenswandel skandalös wäre. Ich bin dann auch nicht mehr zu ihnen gefahren. Meine Mutter hat sie seit dem Rauswurf nie wieder besucht."

„Und was wissen Sie von Ihren Stiefvater?"

„Wie gesagt, wir haben damals in Oberhausen gewohnt. Mama hat ihn bei einer Fortbildung kennengelernt, und sie haben schon nach wenigen Monaten geheiratet, kurz nachdem sie den Job in Hamburg bekommen hat. Er kam ja von hier. Ich bin in Oberhausen geblieben, bei meiner Tante Ilona, um die Schule dort zu beenden. Danach habe ich in Bochum zu studieren begonnen. Ich mochte Leonhard nicht besonders. Außerdem gab es zwischen meiner Mutter und ihm laufend Streitereien."

Sie sah zu Kai.

„Das wissen Sie ja wohl am besten."

„Moment mal", sagte Jan. „Weiß Ihre Tante, dass Ihre Mutter vermisst wird?"

„Wie sollte sie? Ilona zieht seit drei Jahren von einem Lager zum anderen. Sie arbeitet mit den Ärzten ohne Grenzen. Sie ist Krankenschwester."

„Hm" machte Jan. Das war alles.

Dann widmeten sie sich dem Dessert und schwiegen eine Weile.

Beim Abschied umarmte Rena die beiden Männer.

„Ich kann gar nicht mit Worten ausdrücken, wie dankbar ich Ihnen bin. Allein hätte ich das nicht durchgestanden. Und ich bitte Sie inständig, wenn sich etwas Neues ergibt, rufen Sie mich an."

Köller versprach es und dann brachten sie Rena noch bis zur Wohnung Ihrer Mutter, wo sie Kai die Schlüssel aushändigte.

„Ich habe alle persönlichen Sachen meiner Mama ins Kinderzimmer geräumt und abgeschlossen. Den Schlüssel behalte ich. Wenn ich morgen zum Bahnhof fahre, ziehe ich die Tür einfach zu. Sie können ab 13.00 Uhr in die Wohnung."

Auf dem Nachhauseweg sagte Jan zu Kai: „Diese Rena hat eine starke Persönlichkeit, die macht mal ihren Weg."

Es war bereits dunkel, als Otto - begleitet von Gebell - die Container erreichte. Doc ging nach draußen und fragte: „Was hast du denn da im Schlepp?"

Otto kicherte. „War Zorros Idee. Wir haben in Blankenese vor einem Geschäft das Fahrrad mit Anhänger gesehen, und er hat mir gesagt, ich soll mich, so schnell es geht, aus dem Staub machen und hierher kommen."

„Wo ist Zorro jetzt?"

„Der kommt später, hat er gesagt."

„Und was soll ich mit einem Hundeanhänger einschließlich Hund machen?"

„Weiß ich doch nich, musste Zorro fragen."

Otto begab sich in seinen Container, um einen kräftigen Schluck aus der Flasche zu nehmen.

Vorsichtig öffnete Doc den Wagen. Darin stand ein etwas nervöser Setter, der aber keinerlei Angriffsabsichten erkennen ließ. Doc schloss den Anhänger wieder und suchte nach einem Strick. Er fand ein Tau, das er kurz darauf am Halsband des Hundes befestigte. Dann band er den Hund an einen Baum und stellte ihm einen verbeulten Teller mit Wasser hin. Gierig trank der Hund, legte sich unter den Baum, den Kopf auf die Pfoten gebettet, und sah interessiert dem Geschehen zu.

Doc packte die beiden Bündel, die er am Mittag geschnürt hatte, in den Hänger und fuhr damit nach Wedel.

Gegen Mitternacht war er wieder zurück, sah nach der Frau und nach dem Hund, bevor er mit den Augen ausmaß, ob und wie er die Frau in dem Anhänger platzieren könne. Er hörte Schritte, und kurz darauf erschien Zorro. Mit einem fetten Grinsen im Gesicht sagte er:

„Bring mir den Hänger vor dem Morgengrauen wieder zurück. Der und der Hund sichern mir für die nächste Woche meinen Bedarf an Essen und Trinken."

Doc schüttelte den Kopf. „Ich fahr jetzt die Frau weg, wenn ich dir dann noch den Hänger zurückbringen soll, muss ich die Strecke noch einmal zu Fuß zurückgehen. Da schaff ich heute nicht mehr."

„Dann nimm für den Rückweg das Fahrrad. Otto ist gleich hinüber, und ich bin frühestens übermorgen wieder zurück. Du kannst dir dann aussuchen, wann du das Fahrrad bringst."

„Na gut, aber du musst mir helfen, die Frau in das Gefährt zu packen. Es ist eigentlich zu klein, aber wenn wir die Beine etwas anwinkeln, müsste es gehen. Wie bist du überhaupt an das alles gekommen?"

Er deutete mit einer ausholenden Geste auf Fahrrad, Hänger und Hund.

„War ne Glücksnummer. Ich seh den Köter im Wagen sitzen, direkt vor nem Geschäft. Sag ich zu Otto, „wenn ich dir'n Zeichen gebe, schwing dich auf das Rad und fahr wie der Teufel." Hab durch das Schaufenster gesehen, dass nur eine Frau in dem Laden war. Ich also rein und sie umarmt und „hallo Britta" gerufen. Ich das Zeichen für Otto gegeben und dann gesagt, wie ich mich freue, sie nach all den Jahren wieder zu sehen. Sie hat die ganze Zeit versucht, mir klarzumachen, dass das'n Irrtum is. Und ich weiter von der Schule und unseren Paukern geschwätzt. Irgendwann zog sie dann ihren Perso aus der Tasche. Ich ganz erstaunt getan und mich entschuldigt und sie auf'n Kaffee eingeladen. Sie natürlich abgelehnt und dann hatse gesehen, dass er Köter weg ist. War großes Palaver. Ich dann einen auf zivilisiert gemacht.

„Gnädige Frau" hab ich gesagt, „ich fühle mich schuldig, weil Sie durch mich abgelenkt waren"

„Ach Blödsinn" hat sie gemeint. „Ich will meinen Hund wiederhaben!"

„Vielleicht kann ich Ihnen helfen" hab ich gesagt, „ich kenne ein wenig außerhalb einen alten Bauernhof, wo immer verschiedene Hunde herumlaufen. Soll ich mal nachsehen, ob Ihr Hund dabei ist?"

Und sie: „Wenn Sie ihn mir wiederbringen, gebe ich Ihnen 100 Euro."

„Gut" sagte ich, „ich tue, was ich kann. Wo kann ich Sie erreichen?"

„Dann hat sie mir ihre Adresse gegeben, und morgen früh kreuze ich da auf und kassiere."

Während Zorro sprach, hatte Doc die Frau samt Decken in den Hänger gepfercht. Es war zwar alles sehr eng, aber der Weg war ja nicht allzu weit. Es musste gehen.

Er nickte Zorro zu: „Gute Arbeit" sagte er. Dann fuhr er los. Sehr vorsichtig, um keine unnötigen

Erschütterungen im Inneren des Anhängers zu erzeugen.

Der Transport der Frau ins Haus gelang ihm ungesehen. Er bettete sie in das Dachzimmer, holte ein Glas Wasser aus der Küche und flößte ihr nochmals Medikamente ein. Für sich kochte er schnell einen Kaffee, an dem er sich fast den Mund verbrannte. Dann schwang er sich wieder auf das Fahrrad, nicht ohne vorher für den Hund noch einen Toast mit Leberwurst geschmiert zu haben.

Zorro hatte es sich in seinem Container bereits gemütlich gemacht. Er weckte ihn, nachdem er den Hund gefüttert hatte, drückte ihm einen Zehner in die Hand und verabschiedete sich.

„Sieht man sich nochmal?" fragte Zorro.

„Schon möglich, aber ich wäre dir dankbar, wenn ein Wiedersehen diskret ablaufen würde."

„Verstanden" sagte Zorro und hielt die Hand zum „gimme five" hoch.

Doc nahm das alte Fahrrad und fuhr den Weg bis nach Wedel. Vor Müdigkeit konnte er sich kaum im Sattel halten, und als er am Ziel ankam, fiel er - angezogen, wie er war - auf die Couch und schlief sofort ein.

Nach nur wenigen Stunden schreckte er hoch. Er war in Schweiß gebadet, seine Hände zitterten. Er griff nach links, wo üblicherweise seine Weinflasche stand. Seine Hände griffen ins Leere. Es bedurfte einiger Augenblicke, bis er wusste, wo er war. Er erhob sich. Ein Drink musste her. Die Bilder aus den vergangenen Jahren hatten ihn wieder einmal heimgesucht.

Nicht der Smoky Mountain in Tondo, nicht das Lepra-Dorf bei Batu, auch nicht die diversen Flüchtlingslager im Nahen Osten lebten noch in seinem Gedächtnis. Es war die letzte Station auf seiner „Wiedergutmachungsreise". Es war das Bürgerkriegsland Liberia.

Er sah sich mit dem Team wieder in dem Dorf nahe der Grenze zu Sierra Leone. Rebellen hatten einige Tage vorher dort gewütet, und jedem Einwohner, ob Mann, Frau oder Kind den rechten Fuß abgehackt. Fliegen saßen in dicken Schwärmen auf den abgehackten Gliedmaßen und den Bewohnern, die das Massaker nicht überstanden hatten und als Leichen zurückblieben. Das Team hatte versucht zu retten, was zu retten war. Die Hitze, das unsaubere Wasser, der Mangel an Medikamenten, das Fehlen von Strom hatte ihre Arbeit unendlich erschwert. Immerhin war es ihnen gelungen, einige der Verletzten vor Wundbrand oder Blutvergiftung zu retten und zumindest ihr Leben zu erhalten.

Dann waren Regierungstruppen gekommen und hatten nach den Verstecken der Rebellen gefragt und ob sich Männer des Dorfes der Gruppe angeschlossen hätten. Keiner sagte ein Wort. Die Angst vor den Rebellen saß zu tief. Erst als die Truppen zwei der Männer erschossen und damit drohten,

alle 10 Minuten eine weitere Person zu erschie-
ßen, erzählten die Bewohner, was sie wussten,
ahnten oder annahmen.

Die Truppen plünderten das Wenige, was noch
an Essbarem vorhanden war, und zogen ab.

Und zwei Tage später kamen die Rebellen zurück. Es war ein unsägliches Gemetzel. Als er daran dachte, zitterte er wie im Fieberkrampf. Nicht
nur was sie ihm und seinen beiden männlichen
Kollegen angetan hatten, ließ ihm die Galle hoch-
kommen, viel schlimmer war die Erinnerung daran,
was sie mit den Frauen gemacht hatten.

Dann waren er, Tim und Serge wie Vieh durch
den Dschungel getrieben worden. Man brachte sie
zu einem Lazarett der Rebellen und zwang sie
unter Androhung des Todes, die Verletzten zu be-
handeln. Sie bekamen nur unzureichende Nahrung
und wurden misshandelt. Sechs ganze Wochen
lang dauerte das Martyrium, bis eines Nachts die
Regierungs-Truppen den Rebellenstützpunkt über-
fielen. In dem Getümmel gelang es ihm und Serge
zu fliehen. Tims Leben hatte eine verirrte Kugel
beendet. Sie schlugen sich tagelang durch den
Busch und kamen mehr tot als lebendig endlich an
die Küste. Nach einem Aufenthalt in einem örtli-
chen Krankenhaus fanden sie einen Frachter, der
sie mitnahm. Serge stieg in Brest aus, und Doc
ging in Hamburg an Land.

Während ihm diese Bilder in Dauerschleife
durch den Kopf gingen, war er ins Obergeschoß

gelaufen, hatte aus seinem Versteck den Umschlag geholt, einen Geldschein herausgezogen und wollte sich gerade der Tür zuwenden, um an der Tankstelle die dringend benötigte Dosis Alkohol zu erstehen, als sein Blick auf die Frau fiel. Er erstarrte. Sie hatte die Augen geöffnet.

Er kniete neben dem Bett nieder und sprach sie an:

„Kannst du mich hören?" fragte er. Keine Reaktion.

„Wenn du mich hören kannst, schließe kurz die Augen" sagte er. Er wartete. Und da schlossen sich die Lider, um sich gleich drauf wieder zu öffnen.

„Du bist in Sicherheit" sagte Doc. „Aber du bist noch sehr krank und schwach. Deswegen musst du ruhig liegen bleiben. Hast du Durst?"

Wieder ein Schließen der Lider.

Doc hatte längst vergessen, weswegen er nach oben gelaufen war. Er holte Wasser und gab der Frau zu trinken. Dann fragte er weiter: „Hast du Schmerzen?" Wieder ein Schließen der Lider. Er träufelte ein paar Tropfen in das Glas und ließ sie trinken.

„Es wird dir gleich besser gehen. Ich komme bald wieder zu dir."

Er fuhr ihr zärtlich über die Wange und verließ den Raum.

In Elisabeths Schlafstube war noch alles ruhig, weshalb er sich erst einmal eine ausgiebige Dusche genehmigte. Seine getragenen Sachen warf er zu Elisabeths Kleidung in die Waschmaschine und holte sich, nur mit einem Handtuch bekleidet, aus dem Obergeschoss frische Kleidung.

Seit er Elisabeth betreute, nutzte er die Gelegenheit, seine Kleidung in ihrer Waschmaschine zu waschen. Seine Hemden und Hosen waren zwar arg zerschlissen, aber zumindest meistens sauber.

Er kochte Kaffee und machte Frühstück. Dann weckte er Elisabeth, gab ihr ihre Kleidungsstücke in der richtigen Reihenfolge in die Hand und setzte sie an den Tisch.

Sie hatte noch nicht gesprochen, und so wusste Doc nicht, in welchem Stadium sie sich befand. Er schnitt ein wenig Toastbrot in kleine Stücke, vermengte es mit einem Löffel Rührei und sagte: „Ich gehe nach oben, komme aber bald wieder. Iss du nur in Ruhe dein Frühstück." Sie reagierte nicht.

Die Frau hatte wieder die Augen geöffnet, als er an das Bett trat. Er hob ihren Oberkörper an und polsterte den Rücken mit Kissen und Decken aus. Vorsichtig, mit einem Teelöffel, fütterte er die Frau und ließ sie zwischendurch immer wieder einen Schluck Wasser trinken.

Als der Teller leer war, legte er sie wieder bequem hin. Sie schloss die Augen und war fast im gleichen Augenblick eingeschlafen.

Es war Freitagnachmittag, und Kai saß wieder auf seinem Stammplatz und malte. Auch heute glitt wieder ein Boot in sein Bild, das er wie üblich ignorierte. Es war ein kleines Segelboot, und das Pärchen darauf knutschte selbstvergessen. Kai grinste. Wenn sie den Kurs nicht korrigierten, würden sie hinter der Biegung auf die Sandbank auflaufen. Aber das war nicht sein Problem.

Seine Gedanken schweiften zu Rena ab. Eine „starke Persönlichkeit" hatte Jan sie genannt, und er konnte dem nicht widersprechen. Wenn er über ihre Erzählung nachdachte, fragte er sich, was sie in ihren frühen Jahren alles hatte entbehren müssen. Sie hatte nicht gesagt: „Ich habe bei meinen Großeltern gelebt" sondern „meine Großeltern haben mich verwahrt". Das klang so nach drei Mahlzeiten täglich, sauberer Kleidung und pünktlichem Zubettgehen. Viel Wärme war ihr wohl nicht zuteil geworden, hatte sie aber nicht beschädigt, sondern eher gestärkt. Wie vorausschauend sie das Wohnungsproblem in Angriff genommen hatte! Er dachte: wenn ich je die Chance auf eine Tochter gehabt hätte, hätte ich mir ein solches Mädel gewünscht.

Natürlich konnten er und Jan ein Kind adoptieren, aber beiden war klar, dass selbst in einer Stadt wie Hamburg Kinder, deren Eltern gleichgeschlechtlich waren, immer mit Spott oder Vorurteilen zu kämpfen hätten. Deswegen hatten sie beschlossen, auf Kinder zu verzichten, es sei denn, sie fänden eines in einem Weidenkorb am Fluss.

Er suchte unter den Blautönen die richtige Farbe und tunkte den Pinsel hinein.

Was wohl mit Marion Berkhof geschehen war? Jan hatte ihm berichtet, dass nach dem Aufruf im Fernsehen bundesweit mehr als 200 Anrufe eingegangen waren. Man hatte sie angeblich vor dem Ballermann gesehen, in den Schweizer Bergen, am Bahnhof von Kassel usw. Lediglich zwei Aussagen schienen realistisch. Die eine kam von einem Hundebesitzer, der mit seinem Liebling Gassi gegangen war, und eine Frau beschrieb, die sehr gut Marion Berkhof hätte sein können. Sie sei ihm in Höhe des Taxistandes entgegengekommen und in Richtung S-Bahn gelaufen. An die Farbe ihres Kleides konnte er sich nicht mehr erinnern, nur dass es aus einem fließenden Stoff bestanden habe. Sie habe Sandalen mit hohem Absatz getragen und eine Handtasche bei sich gehabt. Sonst nichts.

Das konnte stimmen. Rena hatte bestätigt, dass nur die Lieblingshandtasche ihrer Mutter fehlte. Außerdem ließ das Fehlen von Gepäckstücken die Vermutung zu, dass sie nicht vorhatte, über Nacht wegzubleiben.

Ein weiterer Hinweis war von einer Frau gekommen, die versicherte, Marion Berkhof in der S-Bahn Richtung Innenstadt gesehen zu haben. Sie konnte sich sogar noch an das Kleid erinnern, da es die Farben von „Pfauenfedern" aufwies. Rena hatte bestätigt, dass ihre Mutter ein solches Kleid besaß.

Für Jan waren auch diese Hinweise wieder eine Sackgasse, da er nicht festgestellt konnte, wo Frau Berkhof die S-Bahn verlassen und mit wem sie sich eventuell getroffen hatte. Und dass sie sich mit jemandem getroffen hatte, stand für Kai fest. Ansonsten wäre sie vermutlich mit ihrem Auto gefahren. Frauen liefen im Allgemeinen nicht weite Strecken auf hochhackigen Sandalen!

Ebenso war noch völlig ungeklärt, wo Lisa Neumann zu Tode gekommen war. War es auf dem Wasser geschehen? Und falls ja, auf welchem Boot oder Schiff? Oder war der Tod an Land eingetreten, und jemand hatte sie anschließend in den Fluss geworfen? Wo und mit wem hatte sie den Freitag verbracht? Jan hatte herausgefunden, dass sie ihre Wohnung am Freitagvormittag verlassen hatte und in die Stadt gefahren war. Ihr Auto war im Parkhaus sichergestellt worden. Spuren fanden sich darin nur von ihr. Hatte sie etwas eingekauft, einen Frisörbesuch gemacht, in irgendeinem der vielen Lokale zu Mittag gegessen, sich mit jemandem verabredet oder getroffen? Viele Fragen, keine Antworten.

Von den Nachbarn hatte Jan erfahren, dass Lisa Neumann oft ausgegangen war, aber weder Frauen noch Männer sie besucht zu haben schienen. Üblicherweise sei sie spät zurückgekommen, häufig mit dem Taxi. Es war frustrierend, dass jede noch so kleine Spur im Nichts zu enden schien.

Für Doc bekamen die Tage langsam wieder eine Struktur. Das fiel ihm leichter, als er vermutet hatte. Er wusch morgens seine beiden Pfleglinge, kleidete sie, so gut es ging, an und bereitete das Frühstück. War Elisabeth in guter Verfassung, brachte er sie in den Garten und setzte sie dort ihn ihren alten Holzstuhl, den er vorher mit Kissen aus der Wohnung auspolsterte. Hatte sie einen schlechten Tag, setzte er sie vor den Fernseher.

Dann kümmerte er sich um die Frau, sofern sie wach war. Dies geschah jetzt immer öfter. Sie verständigte sich mit einem Schließen der Lider, aber Doc hoffte, dass sie bald anfangen würde zu sprechen.

Waren beide versorgt oder schliefen, ging er zum Supermarkt oder zur Apotheke. Bei seinem letzten Besuch hatte er gefragt, ob es so etwas wie eine örtliche Kleiderkammer gäbe.

„Ach, brauchen Sie Sachen für die Frau, um die sie sich auch noch kümmern?" hatte die Apothekerin gefragt, und als er bejahte, sagte sie: „Wenn sie nicht allzu üppig ist, könnte ich Ihnen ein paar von meinen Sachen geben. Wissen Sie, ich war bis vor zwei Jahren auch noch sehr schlank, aber mit Beginn der Menopause habe ich einige Pfunde zugenommen."

Er nickte. Die Apothekerin war zwar etwas kleiner als die Frau und auch stabiler, aber besser als der Kittel, den er aus einem alten Laken für sie gefertigt hatte, waren sie sicher allemal.

Wenige Minuten später kam die Apothekerin aus ihrer Wohnung, die sich über dem Geschäft befand, zurück und drückte ihm einen Beutel in die Hand.

„Ist auch ein wenig Wäsche mit drin", sagte sie.

Er bedankte sich herzlich und lief mit seinen Einkäufen und dem Kleiderbeutel zu Elisabeths Haus.

Elisabeth empfing ihn mit einem strahlenden Lächeln, als er ins Wohnzimmer trat; „Klaus, du bist aber heute früh zu Hause" sagte sie. „Soll ich uns einen Kuchen für heute Nachmittag backen?"

„Lass mal, Mama" sagte er. „Mach dir keine Arbeit. Ich habe uns etwas zum Kaffee mitgebracht."

Sie sah ihn mit wachen Augen an. „Junge, du bist ja ganz grau geworden" sagte sie. „Und zum Friseur müsstest du auch mal wieder."

Er nickte. „Ja, Mama, mach ich morgen."

Nachdem er seine Einkäufe verstaut hatte, spülte er das Frühstücksgeschirr und wischte den Boden. Elisabeth war wieder in ihr brütendes Schweigen versunken. Er ging nach oben und sah, dass die Frau wach war.

„Ich habe dir ein paar Kleidungsstücke mitgebracht", sagte er. „Wie fühlst du dich heute?"

Mit freudigem Erstaunen sah er, dass sie versuchte zu sprechen. Es kam nur ein Krächzen aus ihren Mund. Doc gab ihr etwas zu trinken. „Versuch es noch einmal" sagte er. Wieder nur das Krächzen, aber dann formten sich undeutlich die Worte: „Wo bin ich?"

Doc lächelte sie aufmunternd an. „Du brauchst keine Angst zu haben, du bist in einer Wohnung in Wedel."

„Wedel" wiederholte sie.

„Wie heißt du?" fragte er.

Sie sah ihn an, ihre Augen waren klarer als am Vortag. Also fragte er noch einmal. Sie öffnete den Mund, in ihre Augen traten Tränen.

„Ich weiß es nicht", sagte sie langsam und schon viel deutlicher.

„Mach dir keine Sorgen", erwiderte Doc. "Du warst lange ohnmächtig und du hast auch Medikamente bekommen. Schlaf jetzt ein wenig. Wenn ich später wieder zu dir komme, ist dir vielleicht wieder eingefallen wie du heißt."

Folgsam schloss sie die Augen, und Doc begab sich wieder nach unten.

Während er eine Gemüsebrühe kochte, überlegte er, ob die Schläge auf den Kopf die retrograde Amnesie ausgelöst haben konnten. Meistens kam die Erinnerung nach ein paar Tagen zurück. Er beschloss, erst einmal abzuwarten, wie sich der Zustand der Frau in den nächsten Tagen entwickelte.

Die folgenden Tage verliefen im Gleichklang. Doc fütterte und wusch seine beiden Patientinnen, versorgte die Frau mit Medikamenten und stellte keine Fragen nach ihrer Identität.

Erst am dritten Tag - nach ihren ersten Worten - stellte er die Frage nach ihrem Namen ein weiteres

Mal. Wieder schüttelte sie vorsichtig den schmerzenden Kopf und sagte: „Ich weiß es nicht."

„Hör zu", sagte Doc, „ich nenne dir jetzt ein paar Namen. Falls dir einer davon bekannt vorkommt, gib mir ein Zeichen." Und er begann: „Anita, Angelika, Andrea, Beate, Bärbel, Bianca.....". Alphabetisch geordnet jeweils drei Namen. Die Frau lag reglos in ihrem Bett und hörte zu. Bei „Maria" hob sie kurz die Hand, ließ sie dann wieder fallen und sagte leise: „nein". Auch bei Rita stutzte sie, verneinte dann jedoch ebenfalls.

„Mach dir keine Gedanken mehr darüber" sagte Doc. „Ich werde dir jetzt jeden Tag ein paar Namen nennen. Irgendwann wird auch der deine dabei sein. Schlaf jetzt ein wenig. Ich weiß, dass dich das Zuhören angestrengt hat."

Die Frau nickte leicht und drehte sich auf die Seite. Wenige Minuten später war sie eingeschlafen.

Doc wiederholte die Nennung von Frauennamen jetzt täglich. Insgeheim fragte er sich, ob dieser Weg wohl der Richtige sei. Er hatte seine Zweifel. Zum einen, weil er möglicherweise gerade ihren Namen nicht nannte, zum anderen, weil sie vielleicht – falls ihr Name dabei war – diesen nicht als den ihren identifizieren würde. Allerdings stutzte sie jedes Mal, wenn er den Namen Maria nannte. Bei Marianne, Melanie, Manuela reagierte sie nicht. Er durchforstete sein Gedächtnis nach Frauennamen mit dem Anfangsbuchstaben M, fand aber – auch nach längerem Nachdenken – keinen weiteren ähnlich klingenden Namen. Er überlegte, bei welchem anderen Namen sie noch gezögert hatte, konnte sich aber beim besten Willen nicht erinnern. Dennoch setzte er – gegen besseres Wissen – täglich die Nennung von Namen fort.

„Der Fall Lisa Neumann wird geschlossen", begrüßte Jan Kai, als er zu ihm in die Wohnung kam. „Unsere oberste Heeresleitung hat sich in den Gedanken verliebt, sie sei an einem der Bootsstege ausgerutscht, mit dem Genick auf die Kante geschlagen, verstorben und ins Wasser gefallen. Keine Abwehrspuren, keine fremde DNA, keine Vermisstenmeldung, also aus die Maus. Auf meine Frage, wie sie denn ohne Auto an einen der Bootsstege gelangt sein soll, verwies er auf den Blutalkohol. Dass sich auch kein Taxifahrer gemeldet hat, ignoriert er und behauptet, heute wären die Fahrer, vor allen Dingen die mit Migrationshintergrund, nur an Geld und nicht an den Fahrgästen interessiert. Außerdem würde sich niemand gerne freiwillig in eine solche Sache hineinziehen lassen."

„Na prima. Warum überhaupt noch ermitteln? Es findet sich bestimmt für jedes Verbrechen eine logische Erklärung" entgegnete Kai sarkastisch.

„Gib mir einen Grappa, bitte, das Glas darf auch heute ruhig etwas voller sein", sagte Jan. Kai überreichte ihm das Gewünschte.

„Wie geht es mit Marion Berkhof voran", fragte er nach einer Weile.

„Nix, null, nada" war die einsilbige Antwort. „Viele Leute kennen sie, haben sie auch gesehen, aber leider nicht zu der von uns angefragten Zeit. Sie ist wie vom Erdboden verschluckt. Falls auch sie ins Wasser geworfen wurde oder gefallen sein sollte, wird sie eines Tages wieder auftauchen.

Falls es sich aber um ein Verbrechen an Land handelt, und sie irgendwo verscharrt oder einbetoniert worden ist, wird es schwierig sein, sie jemals zu finden."

„Rena ist fest davon überzeugt, dass ihre Mutter lebt. Woher sie den Optimismus nimmt, weiß ich nicht. Vielleicht ist es auch nur Wunschdenken. Aber sie ist unbeirrbar in dieser Sache" antwortete Kai. „Was war denn nun mit der Telefon-Nummer in dieser Eis- und Feuer-Bar. Habt ihr den Verbindungsnachweis bekommen?"

„Haben wir. Von diesem Apparat aus ist weder das Festnetz noch das Handy von der Berkhof angerufen worden."

„Und wie erklärst du dir dann, dass sie die Nummer notiert hat?"

„Mensch, Kai, die kann ihr irgendwer gegeben haben, damit sie ihn oder sie dort erreichen kann. Das kann ein Arbeitskollege, ein Verehrer oder eine Freundin gewesen sein. Außerdem kann der Zettel auch schon älter sein. Auch damit tut sich keine neue Spur auf. Und übrigens: Können wir jetzt das Thema wechseln und zum gemütlichen Teil des Abends übergehen?"

Kai grinste. „Ich habe mich schon gefragt, ob du heute überhaupt keinen Hunger hast. Es gibt nämlich etwas besonders Leckeres!"

„Ich rieche aber gar nichts."

„Steht ja auch im Kühlschrank. Meeresfrüchtesalat, Avocado Creme, frisches Baguette und zum Nachtisch einen Fruchteisbecher. Dazu einen

1959er Weißen und zum Abschluss einen Espresso."

„Mmh...großartig und so erotisierend. Willst du mich etwa verführen?"

„Das behalte ich mir vor."

Lachend gingen die beiden Männer zur Essecke.

Es waren ein paar Wochen vergangen, in denen Doc mit der Frau das Gehen und das Sprechen geübt hatte. Sie konnte sich bereits im gesamten Haus bewegen, sich allein duschen und anziehen, bei den Mahlzeiten helfen und Elisabeth betreuen, wenn Doc zum Einkaufen oder in die Apotheke ging. Elisabeth hatte er die Frau als seine Freundin vorgestellt, und in wachen Momenten fragte sie immer wieder, ob sie denn bald auf Enkel hoffen dürfe. Diese Momente wurden aber immer seltener. Meistens saß sie im Haus oder im Garten, starrte vor sich hin, nahm die Mahlzeiten ein, ließ sich waschen und an- und auskleiden und reagierte kaum noch auf äußere Einflüsse. Allerdings war sie immer sanft, niemals wütend oder bösartig. Sie nannte die Frau „Lea" und Doc erklärte, dass eine Freundin ihres Sohnes aus der Schulzeit so geheißen habe.

Jetzt saßen Doc und „Lea" in der Essecke, während Elisabeth auf den Fernseher starrte, ohne das Programm wahrzunehmen. Dies tat sie meistens vor dem Schlafengehen. Die beiden ließen sie in Ruhe und unterhielten sich leise.

„Ich würde gerne einmal das Dorf kennen lernen" sagte die Frau, „vielleicht einmal mit dir in den Supermarkt gehen oder über den Markt."

Doc dachte nach.

„Ich verstehe deinen Wunsch, aber ich habe meine Bedenken. Da wir nicht wissen, was mit dir geschehen ist, möchte ich vermeiden, dass dich jemand erkennt. Es wäre unter Umständen gefährlich für dich. Wir müssten also dein Äußeres verändern, damit du ohne Gefahr herumlaufen kannst."

„Wer sollte mir denn etwas anhaben wollen?"

„Nun, der oder die, die versucht haben, deinen Schädel einzuschlagen."

Ein Erschauern ging durch „Lea". „Denkst du, die sind hier irgendwo?"

„Ich weiß es nicht. Ich möchte nur auf Nummer Sicher gehen, verstehst du?"

„Ja, und wie willst du das anstellen?"

„Ich könnte mir vorstellen, dass wir deine langen Haare kürzen und blond färben. Was meinst du?"

„Dazu braucht man Wasserstoff-Superoxid!"

Doc sah sie erstaunt an. „Woher weißt du das?"

„Keine Ahnung. Es fiel mir nur so ein. Aber wenn wir schon dabei sind, könnte ich dir die Haare auch schneiden. Das würde Elisabeth sicher gefallen."

„Von mir aus. Dann hole ich morgen das Färbemittel in der Apotheke. Aber was soll ich der Apothekerin sagen, wenn sie fragt?"

„Sag ihr, das ist für Elisabeth."

„Wie bitte?"

„Wir machen Elisabeth blonde Strähnchen."

„Kannst du das denn?"

„Ja, ich erinnere mich, wie es geht."

„Aber dein Name ist dir noch nicht wieder eingefallen, oder?"

„Zähl doch noch einmal ein paar auf."

Doc tat ihr den Gefallen und nannte u.a. wieder die Namen Maria und Rita. Bei Rita hob sie die Hand. Es dauerte eine ganze Weile, dann sagte die Frau. „Nicht Rita, Rena! Ich glaube, ich heiße Rena."

„Aber das ist ja großartig" freute sich Doc. „Fällt dir noch mehr ein? Ein anderer Vorname, ein Familienname, eine Straße?"

Traurig schüttelte „Rena" den Kopf.

„Wir finden einen Weg, dein Gedächtnis wieder zu aktivieren" versprach Doc.

„Rena" sah ihn an. „Wieso erzählst du nicht etwas von dir? Du weißt schließlich, wer du bist."

„Weiß ich das wirklich?" Es war eine rhetorische Frage. Er fing ihren bittenden Blick auf.

„Na, ich bin im Rheinland geboren, bin Arzt, habe eine Zeit lang in Bonn gearbeitet, bin dann aus persönlichen Gründen in einigen Länder der 3. Welt tätig gewesen und schließlich wieder nach Deutschland zurückgekommen. Hier habe ich dann Elisabeth kennen gelernt und mich um sie gekümmert, bis ich dich fand. Und jetzt seid ihre beide meine Patienten."

Den letzten Satz begleitete er mit einem Augenzwinkern.

„Und wie heißt du?" fragte Rena.

„Hans" sagte er.

„Kann ich dich so nennen....oder ist dir Doc lieber?"

Er zögerte kurz und sagte dann. „Wie du willst. Aber jetzt sollten wir schlafen gehen...und morgen nach dem Frühstück verwandeln wir dieses Heim in einen Friseursalon."

Das Frisieren war ein hartes Stück Arbeit gewesen. Rena hielt den Spiegel und gab Doc Anweisungen, wie er ihre Haare hinten schneiden sollte. Mal war es auf der rechten Seite nicht richtig, mal die linke Seite zu stufig. Letztendlich war ein Stoppelkopf daraus geworden, unter dem das kleine und magere Gesicht jedoch gut zu erkennen war.

„Wenn du das Haus verlässt, musst du dir eine Brille aufsetzen. Elisabeth hat noch ein paar alte, deren Gläser schwach sind. Versprich mir das."

„Warte erst einmal, wie ich aussehe, wenn ich erblondet bin" entgegnete „Rena".

Während die Farbe ihre Haare bleichte, schnitt sie Doc die langen grauen Haare ab und verpasste ihm einen annehmbaren Schnitt. Er betrachtete sich im Spiegel und pfiff leise durch die Zähne.

„Alle Achtung" sagte er. „Das ist dir gut gelungen."

Die Verschönerung von Elisabeth war allerdings nicht von Erfolg gekrönt. Sie griff immer mit den Händen in die zum Färben vorgesehenen Strähnen, bis Rena letztendlich sagte: „Sie geht doch ohnehin nicht aus und Besuch bekommt sie auch keinen, lassen wir sie einfach in Ruhe. Falls die Apothekerin dich fragen sollte, kannst du ihr sicher erklären, dass Elisabeth momentan nicht so gut zurecht ist."

Beim Mittagstisch saßen sich eine koboldhafte „Rena" und ein gepflegt wirkender Hans gegenüber. Elisabeth sagte in einem ihrer wachen Momente: „Mit den kurzen Haaren bekommst du bestimmt viel schneller eine Lehrstelle" und strich ihm freundlich über den Rücken. Er antwortete wie immer: „Ja, Mama." Elisabeth lehnte sich glücklich lächelnd in ihrem Stuhl zurück und versank wieder in Schweigen.

Nach dem Abendessen, als Elisabeth vor dem Fernseher saß, nahm Hans „Rena" bei der Hand und führte sie vorsichtig nach draußen. Sie trug eine von Elisabeths Brillen und eine lange Hose und ein Sweatshirt aus dem Kleidersack der Apothekerin. Die Sachen waren ihr zu weit, gaben ihr aber ein nahezu üppiges Aussehen, auch weil sie den geschenkten Büstenhalter kräftig mit Taschentüchern ausgepolstert hatte.
Sie verließen das Dorf in entgegengesetzter Richtung zu Docs früherer Bleibe. „Rena" lief langsam aber mit gleichmäßigen Schritten. Sie hatte wieder ein wenig Farbe bekommen und sah nicht mehr ganz so wächsern aus. Auch hatte sie wieder guten Appetit, weswegen Doc hoffte, dass sich in absehbarer Zeit ihr Gewicht normalisieren werde.

Auf einer Bank an einer Bushaltestelle, die schon lange nicht mehr angefahren wurde, legten sie eine kurze Rast ein, bevor sie den Rückweg antraten.

„Das nächste Mal gehen wir durch den Ort und in die andere Richtung", sagte „Rena".

„Das halte ich für keine so gute Idee" entgegnete Doc. Er fing den fragenden Blick von „Rena" auf, schüttelte nur leicht den Kopf. „Das erzähle ich dir ein anderes Mal" sagte er.

Der Morgen überraschte mit Sonnenschein und Hitze. Als Doc beschloss, zum Markt zu gehen, war das Thermometer schon auf 30 Grad geklettert. Im Gegensatz zu den früheren Markttagen, fehlten heute die Käufer fast völlig. Einige Marktbeschicker packten bereits zusammen. Der dicke Knut vom Fischstand schrie mit heißerer Stimme seine Sonderangebote über den Platz. Gewöhnlich kaufte Doc hier keinen Fisch, da die Preise relativ hoch waren und er sich stets bemühte, preiswert einzukaufen. Als Knut jedoch verkündete, dass die Scholle heute zum halben Preis gehandelt werde, wurde Doc neugierig. Er erstand drei schöne Exemplare zum Spottpreis und Knut legte noch ein Döschen mit Krabben dazu.

„Für die Soße" sagte er.

Knut schlug den in Pergament verpackten Fisch noch einmal dick in Zeitungspapier ein und reichte das Päckchen Doc über den Tresen. Der kaufte noch 2 kg Kartoffeln und ein Kilo Möhren. Dann machte er sich auf den Heimweg.

Er fand „Rena" in der Küche, wo sie das gespülte Geschirr wegräumte.

„Elisabeth ruht sich aus", sagte sie „und ich werde gleich in den Garten gehen und sehen, was an Beeren reif ist."

„Und ich mache uns für heute Abend Scholle mit Krabbensoße und Kartoffeln. Sieh doch einmal nach, ob auch ein paar Tomaten reif sind" richtete Doc die Worte an „Rena".

Sie nickte. „Mach ich. Und danach setzte ich mich in den Schatten und lese ein wenig. Ich habe oben in einer Kiste ein paar Bücher gefunden."

„Soll ich uns einen Kaffee aufbrühen?" fragte Doc. „Rena" nicke mit glänzenden Augen.

„Gerne. Kommst du auch nach draußen?"

„Ja, ich bringe dir den Kaffee, sobald er fertig ist."

„Rena" sprang lachend die Treppe hinunter. Mit ihren kurzen blonden Haaren und der schlanken Gestalt mit überlangen Armen und Beinen ähnelte sie einer Heuschrecke aus einem Comic.

Als die Hitze etwas nachließ und man die kommende Abendkühle schon erahnen konnte, ging Doc zurück in die Küche. Er war am Nachmittag mehrfach ins Haus gelaufen, um nach Elisabeth zu sehen. Diese hatte sich, nachdem sie aufgewacht war, vor den Fernseher gesetzt.

„Gleich kommt die Kinderstunde" hatte sie zu Doc gesagt. „Die siehst du doch so gerne. Komm, setzt dich neben mich, dann schauen wir gemeinsam zu."

Doc hatte mit „ja, Mama" geantwortet und sich neben Elisabeth auf der Couch niedergelassen. Schon wenige Minuten später war das Licht in ihren Augen wieder erloschen, und sie starrte die Mattscheibe an, ohne das Geringste zu sehen. Doc war daraufhin zurück zu „Rena" in den Garten gegangen.

„Was liest du?" hatte er sie gefragt, und sie antwortete: „Einen klassischen Jugendroman: Karl Mays Winnetou."

Nun stand Doc also in der Küche und wickelte den Fisch aus dem Papier. Dabei fiel sein Blick auf ein Frauenbild, das er bisher nicht gesehen hatte, da es sich auf der Innenseite des Päckchens befand. Er schaute ein zweites Mal hin. Dann las er den Text. Ihm wurde heiß und kalt. Er las den Text wieder und wieder. Auch die Telefon-Nr. die neben dem Namen Jan Köller angegeben war, behielt er im Gedächtnis.

Was sollte er tun? „Rena" mit der Tatsache konfrontieren, dass sie Marion Berkhof war? Zur Polizei gehen und mitteilen, was er wusste? Würde man ihm glauben? Einem Mann, der nachdem er Schuld auf sich geladen hatte, seine Welt hinter sich ließ, vor den Konsequenzen und vor sich selbst geflohen war? Wie würde „Rena" reagieren, wenn sie ihren wirklichen Namen hörte, und was würde geschehen, wenn auch die negativen Dinge, die sie vermutlich durchgemacht hatte, schlagartig über sie hereinbrechen würden?

Doc hatte sich die medizinische Versorgung der Frau zugetraut, als es ihr wirklich schlecht ging, aber er war weder Psychoanalytiker noch Therapeut.

Vorsichtig faltete er die Zeitung zusammen und versteckte sie unter der Spüle. Dann bereitete er das Essen vor.

Vor dem Abendessen, während „Rena" Elisabeth, die Doc später am Nachmittag in den Garten geholt hatte, zurück ins Haus brachte, ging er zum Hintereingang. Er wollte zum Marktplatz. Dort befand sich eine Telefonzelle. Er überprüfte, ob er genügend Kleingeld in der Tasche hatte, rief „Rena" zu, er sei in einer halben Stunde wieder zurück und verließ das Haus.

Jans Telefon schellte. Er nahm ab und meldete sich. Eine Stimme fragte: „Sie sind zuständig für die vermisste Marion Berkhof? Ist das richtig?"

„Ja" sagte Jan, „mit wem spreche ich bitte?"

„Das tut momentan noch nichts zur Sache. Ich glaube, ich weiß, wo sich Marion Berkhof aufhält."

Die Stimme klang ruhig und beherrscht und ließ bei Jan alle Alarmglocken läuten.

„In Ordnung" sagte er. „Wo ist sie?"

„Die Sache ist die" fuhr die Stimme fort, „sie leidet unter partieller Amnesie. Welche Folgen es hat, sie mit ihrer Identität und ihrer Vergangenheit zu konfrontieren, kann ich nicht ermessen. Meines Erachtens benötigt sie erst einmal professionelle psychotherapeutische Hilfe. Außerdem möchte ich sie nicht in Gefahr bringen."

„Wie meinen Sie das, von welcher Gefahr sprechen Sie?

„Als ich sie fand, war sie verletzt. Verletzt durch Fremdeinwirkung."

„Sind Sie Arzt?"

Nach einer kurzen Pause kommt zögerlich ein „ja".

„Hören Sie" sagte Jan, „ich mache Ihnen einen Vorschlag: Wir treffen uns an einem von Ihnen bestimmten Ort, und ich bringe einen Psychologen mit. Falls Ihnen der Vorschlag zusagt, hätte ich noch eine Frage: Befindet sich Frau Berkhof derzeit in Sicherheit?"

„Ja, davon dürfen Sie ausgehen. Und Ihr Vorschlag sagt mir zu. Kenne Sie den Martinsplatz in Rissen?"

„Nein, aber ich werde ihn finden. Wann wollen wir uns treffen?"

„Heute Abend um 21.30 Uhr."

„Gut, wie erkenne ich Sie?"

„Ich werde Sie erkennen! Welchen Wagen fahren Sie?"

Jan überlegte kurz. Dann nannte er das Kennzeichen von Kais Wagen. Danach wurde aufgelegt.

Jan wählte Kais Nummer, musste aber feststellen, dass dieser sich in einem Einstellungsgespräch befand, und bat um dringenden Rückruf. Danach dachte er noch einmal über das Gespräch nach. Die Sprache, deren der Anrufer sich bediente, hatte kultiviert geklungen, die Aussprache war klar und akzentfrei gewesen. Sein Bauchgefühl sagte ihm, dass es sich nicht um einen schlechten Scherz handeln würde. Die Stimme hatte gesagt „als ich sie fand". Was bedeutete das? Ungeduldig wartete er auf Kais Rückruf.

Etwa eine Stunde später wurde sein Warten belohnt. Kai fragte: „Was gibt es denn so Dringendes?"

„Ich glaube, Marion Berkhof lebt. Ein Anrufer hat es zumindest behauptet, will aber ihren derzeitigen Aufenthaltsort nur nennen, wenn sie psychologische Hilfe erhält. Sie leidet angeblich unter partieller Amnesie".

Kai pfiff durch die Zähne. „Verstehe. Wann und wo?"

Jan lachte leise und nannte ihm Ort und Uhrzeit. Dann sagte er: „Wir nehmen deinen Wagen, das habe ich zumindest dem Anrufer mitgeteilt."

„Gut. Kommst du vorher noch nach Hause?"

„Sicher. Ich mache jetzt Schluss. Wie sieht es bei dir aus?"

„Ebenfalls gut. Dann bis gleich."

Das Gespräch war beendet.

Doc ging nach dem Telefonat nach Hause zurück. Während der Vorbereitungen zum Abendessen sagte er zu der Frau, die glaubte Rena zu heißen: „Ich muss heute Abend noch einmal weg. Würdest du bitte nach Elisabeth sehen und die Türen verschlossen halten, bis ich wiederkomme?"

„Wohin gehst du denn? Bisher bist du doch am Abend noch nie weggegangen."

„Ich habe etwas zu erledigen, was uns vielleicht das Leben vereinfacht. Mach dir keine Sorgen, ich bin spätestens um Mitternacht wieder zurück."

„In Ordnung. Ich werde warten."

Nach dem Abendbrot duschte Doc, zog seine am besten erhaltenen Sachen an, kämmte seine Haare und prüfte die Türen. Bis auf die Hintertür, durch die er das Haus verließ, war alles abgeschlossen. Als er draußen stand, hörte er, wie „Rena" die Tür hinter ihm abschloss. Beruhigt machte er sich auf den Weg.

Er hielt unterwegs ein Auto an, das ihn fast bis zum Ziel brachte. Die restliche Strecke ging er zu Fuß. Er war über eine halbe Stunde vor dem angegebenen Termin an Ort und Stelle und suchte sich einen bequemen Standort, von dem aus er den gesamten Platz übersehen konnte. Um diese Zeit parkten nicht sehr viele Wagen hier. Das erleichterte seine Beobachtung. Sechs Minuten vor der vereinbarten Zeit, die er an der Uhr der Sparkasse ablesen konnte, fuhr das Auto mit dem besagten Kennzeichen auf den Platz. Deutlich konnte er sehen, dass zwei Männer in dem Wagen saßen. Der Motor wurde abgestellt, und einer der Männer stieg aus. Er lehnte sich lässig an das Auto. Auch der Fahrer verließ den Wagen und sah sich neugierig um. Langsam, sich im Schatten der Gebäude haltend, näherte sich Doc. Ohne die beiden Männer eines Blickes zu würdigen, ging er an ihnen vorbei. Sie betrachteten ihn, aber er tat, als merke er das nicht. Als er das Ende des Platzes erreicht hatte, drehte er sich schnell um. Die beiden waren in ein Gespräch vertieft. Er ging zurück, blieb vor Ihnen stehen und fragte: „Wer von Ihnen ist Jan Köller?"

Der Mann, der zuerst ausgestiegen war, antwortete:

„Das bin ich. Und dies hier – er deutete auf Kai – ist der Psychologe Kai Lichterfeld"

Kai zog einen Ausweis aus seiner Tasche und reichte ihm ein weiteres Blatt Papier, das ihn als Psychologen auswies.

Doc gab beiden die Hand und sagte: „Fürs erste können Sie mich Doc nennen."

Kai machte den Vorschlag, zu einem nahe gelegenen Restaurant zu gehen, das auch vor dem Haus einige Tische stehen hatte. Doc willigte ein. Sie bestellten Wasser und Cola.

„Nun, was haben Sie uns mitzuteilen?" fragte Jan.

„Ich muss ein wenig weiter ausholen" sagte Doc. „Vor ein paar Wochen, ich wohnte damals in einem Container im Marschland, fand ich eine Frau am Ufer des Flusses. Sie war stark unterkühlt und hatte zwei große Hämatome am Schädel. Ich brachte sie in meinen Container und pflegte sie, so gut es mir damals möglich war. Dann übersiedelte ich mit ihr in ein festes Gebäude, mit einem Badezimmer und einer Küche. Ich besorgte die benötigten Medikamente und ein wenig Kleidung. Als die Frau ihr Bewusstsein wieder erlangte, konnte sie mir nicht sagen, wer sie war, noch wie sie zum Fluss gekommen war. In der folgenden Zeit nannte ich ihr immer wieder alphabetisch geordnet verschiedene Namen, und eines Tages sagte sie, sie glaube, sie heiße Rena. Ihre Genesung schritt voran, sie nahm sogar leicht an Gewicht zu, und kam mit allen Belangen der Körperpflege und der Haushaltsführung klar. Nur was ihre Person betrifft, ist sie immer noch zu keiner Aussage fähig. Heute kaufte ich Fisch für das Abendessen und fand den Aufruf in einer Zeitung, die bereits ein paar Wochen alt war. Darauf habe ich mich mit Ihnen in Verbindung gesetzt. Den Rest kennen Sie."

Jan ergriff als Erster das Wort. „Wir wurden von der Tochter der Vermissten – ihr Name ist übrigens Rena – über das Verschwinden von Frau Berkhof in Kenntnis gesetzt, konnten jedoch trotz intensiver Nachforschung keinen Anhaltspunkt finden, wo sich die Gesuchte aufhalten könnte. Ihre Spur verlor sich im Stadtbereich."

„Ich würde Frau Berkhof gerne sehen" sagte Kai. „Ich kenne Sie aus beruflicher Sicht, und sie kennt mich. Jedoch erscheint mir die Zeit ein wenig unpassend. Wie wäre es, wenn wir Ihnen und Frau Berkhof morgen Vormittag einen Besuch abstatten? Es wäre hilfreich, wenn Sie sie nicht vorher informieren würden, damit ich an ihrer Reaktion erkennen kann, was von ihrer Vergangenheit in ihrem Gedächtnis lebendig ist."

Doc überlegte einen Augenblick lang, dann nickte er.

„Sie werden sie allerdings verändert vorfinden" sagte er. „Wir haben ihre Haare gekürzt und blond gefärbt, damit sie sich im Umfeld des Hauses bewegen kann, ohne gleich erkannt zu werden. Außerdem hat sie während ihrer Erkrankung extrem abgenommen."

„Wieso glauben Sie, dass sie in Gefahr ist?" fragte Jan. „Könnten die Verletzungen nicht auch durch einen Sturz hervorgerufen worden sein?"

„Das halte ich für ziemlich ausgeschlossen. Es sind zwei voneinander unabhängige Hämatome gewesen, mit vermutlich einem Haar-Riss des Schädels. Und deswegen glaube ich, dass der oder die Täter, davon ausgegangen sind, sie sei tot. Viel hätte auch nicht mehr gefehlt. Aber was immer der Grund für diese Tat war, eine lebende Marion Berkhof stellt eine Gefahr für den oder die Täter dar. Deswegen meine Vorsicht."

„Ich muss schon sagen, Ihre Umsicht ist beachtlich" sagte Jan. „Aber sie dürfen versichert sein, dass wir keine Informationen weiter geben werden, mit Ausnahme an die echte Rena natürlich. Die Tochter hat ein Recht darauf, zu erfahren, dass ihre Mutter lebt. Allerdings muss das nicht zwangsläufig mit der Bekanntgabe des jetzigen Aufenthalts einhergehen."

„Gut" sagte Doc. „Dann erwarte ich Sie morgen am Vormittag."

„Können wir Sie irgendwo absetzen?"

„Das wäre nett, das erspart mir die Suche nach einem Auto, das mich mitnimmt. Außerdem wissen Sie dann für morgen, wie Sie fahren müssen."

Am Markt in Wedel stieg Doc aus, nannte die exakte Adresse und machte sich zu Fuß auf den Heimweg.

D as Telefon weckte Rena. Verschlafen griff sie zum Handy und meldete sich.

„Rena, ich habe eine gute Nachricht für Sie" sagte Kai. „Ihre Mutter lebt, und es geht ihr den Umständen entsprechend gut."

Einen Moment lang schwieg Rena. Dann sagte sie mit belegter Stimme, der man die zurückgehaltenen Tränen anhören konnte: Was heißt „den Umständen entsprechend"?"

„Genaues weiß ich noch nicht, ich werde sie gleich besuchen. Aber es ist davon auszugehen, dass sie Gedächtnislücken hat. Ich melde mich wieder, wenn ich Genaueres weiß. Wichtig schien mir aber, Sie wissen zu lassen, dass Ihre Mutter lebt."

„Vielen, vielen Dank. Soll ich kommen?"

„Möglicherweise. Aber warten Sie bitte meinen nächsten Anruf ab."

„In Ordnung, ich werde warten. Und nochmals vielen Dank."

Ihre Stimme brach. Kai legte auf.

Auf dem Weg nach Wedel fragte Jan: „Hast du einen Plan, wie du vorgehen willst?"

„Nein, das muss sich ergeben, wenn ich Marion Berkhof sehe und sie mich sieht."

Den Rest der Fahrt schwiegen beide.

Als sie an Elisabeths Haus eintrafen, öffnete Doc die Tür.

„Sie ist mit Elisabeth im Garten" sagte er. „Soll ich sie rufen?"

„Nein, zeigen Sie mir den Weg zum Garten, und kommen Sie bitte mit" sagte Kai.

Die drei betraten durch die Hintertür den Garten und fanden Marion, die glaubte Rena zu heißen, wie sie Elisabeth ein Kinderlied vorsang. Elisabeth sah sie mit strahlenden Augen an. Sie hatte Marion-Renas Hand in der ihren und streichelte sie.

„Guten Morgen" sagte Kai, und Marion-Rena blickte auf. Eine Zeit lang geschah gar nichts. Dann sagte sie „Ich kenne Sie, ich habe sie schon gesehen."

Doc trat zu ihr und sagte: „Lass mich bei Elisabeth bleiben und gehe mit den beiden Herren ins Wohnzimmer. Sie haben ein paar Fragen an dich."

„Marion-Rena" nickte und ging voran ins Wohnzimmer. „Möchten Sie einen Kaffee?" fragte sie, und Beide nickten. Rena lief in die Küche und setzte Wasser auf. Dann ordnete sie drei Tassen, Zucker und Milch auf dem Wohnzimmertisch an und ging in die Küche zurück, um den Kaffee aufzubrühen. Mit der Kanne kam sie wieder, goss die Tassen voll und setzte sich in den Sessel.

„Welche Fragen haben Sie?"

„Ich würde uns gerne erst einmal vorstellen" sagte Kai. Er deutete auf Jan „das ist Jan Köller und ich bin Kai Lichterfeld". Er wartete auf eine Reaktion, aber diese blieb aus. Erst nach einer Weile sagte sie: „Ich heiße Rena. Mehr weiß ich nicht."

„Haben Sie den Namen Marion Berkhof schon einmal gehört?" fragte Kai. „Rena" dachte nach.

„Ja, ich glaube schon. Aber ich weiß nicht mehr, wo das war."

„Und Rena Somsen?"

„Bin ich das?"

„Nein, Rena Somsen ist ihre Tochter. Erinnern Sie sich?"

„Ich habe eine Tochter? Wo ist sie?"

„Sie studiert in Bochum. Bitte denken Sie nach. Marion Berkhof, das sind Sie!"

Marion sah Kai verwirrt an. Dann griff sie mit den Händen an ihren Kopf.

„Haben Sie Schmerzen?" fragte Kai.

„Ja, eigentlich immer, aber manchmal werden sie stärker...."

„Lisa Neumann" insistierte Jan. „Kennen Sie die Frau?"

Marions Gesicht verzerrte sich.

„Lass gut sein" sagte Kai. Und zu Marion gewandt: „Soll ich den Doc rufen?"

Marion versuchte ein verzerrtes Lächeln. „Im Badezimmer liegen Tabletten gegen die Kopfschmerzen. Können Sie mir eine bringen?"

Sie zeigte mit der einen Hand in Richtung Badezimmer, während sie die andere Hand gegen ihren Kopf presste.

Gleichzeitig mit Kai kamen auch Doc und Elisabeth ins Wohnzimmer.

„Was ist los?" fragte Doc.

„Frau Berkhof hat starke Kopfschmerzen. Ich habe ihr auf ihren Wunsch hin eine Tablette geholt."

Marion nahm die Tablette und spülte sie mit einem Schluck Kaffee hinunter. Doc platzierte Elisabeth vor den Fernseher und kam zu Marion. Er massierte vorsichtig ihre Schläfen. „Gleich geht es dir besser" sagte er. „Vielleicht solltest du dich einen Augenblick hinlegen."

Marion trank ihren Kaffee aus und begab sich in ihr Schlafzimmer. Nachdem das Schließen der Tür deutlich zu hören war, fragte Kai: „Was hat das mit den Kopfschmerzen auf sich?"

„Ich habe Ihnen bereits gesagt, dass Marion Berkhof zwei große Hämatome am Kopf hatte und vermutlich einen Riss in der Schädelbasis. Dieses Schädelhirntrauma und seine Folgen verursachen die Kopfschmerzen und möglicherweise auch den Gedächtnisverlust. Allerdings sollte dies sehr bald neurologisch abgeklärt werden."

„Da wir jetzt ja wissen, dass es sich um Frau Berkhof handelt, sollte dies kein Problem sein. Ist das ambulant möglich?"

„Das kommt auf den Befund an. Vermutlich wird sie einer stationären Behandlung bedürfen. Auch ihr übriger Status sollte gecheckt werden. Sie hatte eine Lungenentzündung, die ich mehr schlecht als recht kuriert habe."

„Dann lassen wie sie von unserem Polizeiarzt stationär einweisen. Das wäre doch die beste Lösung, nicht wahr?"

„Schon richtig. Aber wie steht es um die Sicherheit von Marion?" Ehe Jan antworten konnte, sagte Kai: „Was haltet ihr davon, wenn wir Marion nach

Bochum bringen? Dort kennt sie niemand, und sie wäre in der Nähe ihrer Tochter Rena."

„Rena ist also ihre Tochter?" fragte Doc. „Gibt es auch einen Ehemann?"

„Nein, sie ist geschieden, und ihr Ehemann war weiß Gott nicht das Gelbe vom Ei."

„Wie wollen Sie sie nach Bochum bringen?"

„Eine Möglichkeit wäre ein Krankenwagen, aber da wir gerne jedes Aufsehen vermeiden möchten, wäre auch ein PKW dazu geeignet. Stimmen Sie mir das zu?"

„Sicher."

„Dann verbleiben wir folgendermaßen: Ich komme mit dem Polizeiarzt morgen hierher. Er wird nach Augenschein die Einweisung veranlassen, und dann bringen wir Frau Berkhof in einem neutralen Wagen nach Bochum."

„Kann ich sie begleiten?"

„Kein Problem. Aber wer kümmert sich in der Zeit um ihre andere Patientin?"

Kai sagte: „Ich könnte hierbleiben und nach ihr sehen."

Doc nickte. „Elisabeth sitzt entweder im Sessel und starrt auf den Fernseher, oder sie sitzt im Garten, wenn das Wetter es erlaubt. Mittags koche ich normalerweise für sie. Aber es geht auch einmal mit einer Schnitte Brot. Sie müssen sie nur klein schneiden und darauf achten, dass sie etwas trinkt. Nach dem Essen legt sie sich meistens wieder für eine oder zwei Stunden hin. Danach folgt das „Vormittagsprogramm" bis zum Abendessen. Bis dahin sollte ich allerdings zurück sein."

„Das müsste sich machen lassen. Wir kommen morgen früh um 9.00 Uhr wieder."

„Gut, bis dahin sind wir fertig."

Als Doc das Haus betrat, war es still. Nur der Fernseher lief. Elisabeth saß wie gewöhnlich davor, ohne etwas zu sehen. Kai saß neben ihr und schrieb etwas in sein Notizbuch. Er sah auf und Doc an:

„Alles glatt gegangen?" fragte er.

„Ja, sie liegt auf der neurochirurgischen Station. Das MRT hat ergeben, dass durch das Schädel-Hirn-Trauma eine Schwellung aufgetreten ist, die das Gehirn stellenweise komprimiert. Soweit ich den behandelnden Arzt verstanden habe, ist dieser Zustand aber reversibel. Allerdings wird das einige Zeit dauern."

Müde ließ sich Doc auf die Couch fallen. Elisabeth nahm ihn nicht einmal wahr.

„Ich mache gleich Abendessen" sagte er zu ihr. Sie wandte den Blick nicht vom Fernseher und reagierte auch sonst nicht.

Kai sagte: „Ich habe mir erlaubt, etwas zu kochen. Hoffentlich ist Ihnen das Recht. Mir war klar, dass Ihr Tag anstrengend sein würde und Sie durch die lange Fahrt ermüdet ankommen würden."

„Großartig und sehr nett von Ihnen" sagte Doc. „Dann können wir ja gleich essen. Und danach bringe ich Elisabeth ins Bett. Falls Sie solange warten wollen, könnten wir noch einen Kaffee zusammen trinken."

Kaum eine Stunde später saßen Kai und Doc im Wohnzimmer und tranken Kaffee.

„Ich möchte nicht indiskret sein" sagte Kai, „aber warum betreuen Sie hier die demente alte Dame? Sie sind Arzt, wie sie Herrn Köller am Telefon bestätigt haben. Da frage ich mich, warum Sie nicht in Ihrem Beruf arbeiten. Sollte Ihnen diese Frage unangenehm sein, ignorieren Sie sie einfach."

Doc schwieg eine ganze Weile. Dann sagte er: „Ich habe große Schuld auf mich geladen und bin vor den Konsequenzen geflohen. Fünf Jahre habe ich im Ausland gearbeitet, dann bin ich nach Deutschland zurückgekehrt, habe mir aber geschworen, unter mein altes Leben einen Schlussstrich zu ziehen.

Kai nickte dazu.

„Falls Sie mir irgendwann die ganze Geschichte erzählen wollen, wäre ich sicher ein guter Zuhörer. Und das nicht nur von Berufs wegen."

„Danke. Möglicherweise komme ich darauf zurück."

„Eine Frage habe ich noch. Hat Rena ihre Mutter gesehen?"

„Ja, Herr Köller hat sie wohl verständigt. Sie war im Krankenhaus, als wir ankamen, und hat die Papiere von Marion gebracht. Auch hat sie ihre Mutter gesehen, allerdings durch ein Fenster, sodass Marion sie nicht gesehen hat. Die Ergebnisse der Untersuchungen werden ihr als nächster Angehöriger mitgeteilt, und natürlich auch dem einweisenden Arzt. Ich hoffe, das ist so in Ihrem Sinne."

„Selbstverständlich. Dann lasse ich Sie jetzt allein. Ich melde mich wieder bei Ihnen."

„Das ist nicht so einfach. Es gibt hier kein Telefon."

Kai sah Doc erstaunt an. „Dann besorge ich Ihnen ein Handy und bringe es in den nächsten Tagen vorbei."

„Das wäre nett. Ich wüsste auch gerne, wie es mit Marion weitergeht. Wir sind zwar nicht miteinander verwandt, aber dennoch verdanke ich ihr viel."

Kais Blick wechselte von erstaunt zu sehr erstaunt. „Ist es nicht vielmehr so, dass sie Ihnen viel verdankt, zum Beispiel die Rettung ihres Lebens."

Doc riskierte ein müdes Lächeln. „Vielleicht erzähle ich Ihnen später einmal, was ich damit sagen will. Kommen Sie gut nach Hause."

Auf dem Rückweg überlegte Kai, ob seine Taktik, nicht weiter zu fragen, richtig gewesen war. Er hätte gerne mehr erfahren, wusste aber gleichzeitig, dass er vorsichtig vorgehen musste, wenn er das Vertrauen des Mannes, der sich Doc nannte, gewinnen wollte. Er hatte in Docs Abwesenheit die Räume inspiziert. Da waren das Schlafzimmer der alten Dame im Erdgeschoss und ein weiteres Zimmer im Obergeschoss, das von Marion bewohnt worden war. Und dann gab es noch eine Art Kammer, in der eine Matratze auf dem Boden lag. Er hatte dem Wunsch, nach Papieren oder Ähnlichem zu suchen, widerstanden und alles unberührt gelassen. Er schob die Gedanken beiseite und rief Rena an.

Sie hatte ihr Handy anscheinend ausgeschaltet, denn es meldete sich niemand. Er sprach auf ihre Mailbox. Ihm war eingefallen, dass ja nur Rena die Schlüssel zum Raum mit den persönlichen Sachen ihrer Mutter besaß. Und zumindest ein paar ordentliche Kleidungsstücke sollte Marion Berkhof im Krankenhaus zur Verfügung haben.

Als er auf seinen Parkplatz fuhr, sah er, dass bei Jan noch Licht brannte. Kurze Zeit später saßen beide bei einem Glas Rotwein in Kais Wohnung und tauschten Informationen aus. Kais Handy schellte. Es war Rena.

„Ich habe ein paar Kleidungsstücke von mir ins Krankenhaus gebracht", sagte sie. „Mama hat so viel abgenommen, da passen ihr meine Sachen besser als die ihren. Sobald ich weiß, wie lange sie im Krankenhaus bleiben muss und was sie mit ihr machen, kann ich immer noch entscheiden, ob ich nach Hamburg komme. Momentan bin ich erst einmal froh, dass sie lebt und bei Dr. Bernauer in guten Händen ist. Ach, und noch etwas. Ich habe mich bei dem Mann, der sie begleitet hat, und dessen Name ich nicht kenne, nicht einmal richtig bedankt. Könnten Sie ihm das von mir ausrichten, falls Sie ihn noch einmal sehen? Oder haben Sie seine Telefon-Nummer?"

„Ich sehe ihn in den nächsten Tagen und gebe Ihren Dank gerne weiter. Telefon hat er momentan nicht."

„Vielen Dank, Herr Lichterfeld. Ich weiß wirklich nicht, wie ich das, was sie für mich und meine Mutter getan haben, jemals wieder gutmachen kann."

„Deswegen sollten Sie sich nicht den Kopf zerbrechen. Es ist schon in Ordnung. Gute Nacht, Rena."

„Gute Nacht."

Das Gespräch war beendet.

„Und wie geht es jetzt weiter?" fragte Jan.

„Ich besorge Doc ein Handy und muss unbedingt mehr von ihm und über ihn erfahren. Wie es mit Marion Berkhof weitergeht, erfährst du über euren Polizeiarzt. Er bekommt – genau wie Rena – die entsprechenden Informationen."

„Hoffentlich funktioniert Marion Berkhofs Gedächtnis bald wieder. Dann erfahre ich, was sich wo und mit wem zugetragen hat."

„Du glaubst also immer noch, dass ein Zusammenhang mit dem Fall Lisa Neumann besteht?"

„Es wäre schon ein großer Zufall, wenn nahezu zeitgleich eine Leiche und eine schwerverletzte Frau im bzw. am Fluss gefunden werden, ohne dass eine Verbindung zwischen beiden besteht, meinst du nicht auch?"

„Hm, ja. Aber lass uns für heute Schluss machen. Morgen sehen wir weiter."

Gregor, Ralf und Bernie saßen wieder in ihrem Stammlokal. Die Stimmung war gut. Selbst Ralf glaubte nun, dass der Bootsausflug und die Geschehnisse dabei, von niemandem mehr hinterfragt würden. Zuviel Zeit war inzwischen vergangen, ohne dass der geringste Verdacht auf sie gefallen wäre. Er stand auf.

„Ich ziehe mir ne Line rein" sagte er, und Bernie folgte ihm aus dem gleichen Grund Richtung Herrentoilette. Nur wenige hatten einen Schlüssel für den Wandschrank, der als solcher getarnt, der Zugang zu einem weiteren Raum war. Erst stand Bernie Schmiere, dann Ralf. Als sich beide wieder dem Tisch näherten, fanden sie Gregor im Gespräch mit einem anderen Gast. Sie gingen zur Theke und beobachteten, wie Gregor mit versteinertem Gesicht die Schultern zuckte. Wenig später verließ der andere Mann den Tisch und bahnte sich seinen Weg zum Ausgang.

„Wer war das denn?" fragte Ralf.

„Jemand, der dich aus der Galerie kennt", entgegnete Gregor. „Er hat uns wohl beobachtet und wollte wissen, ob ich dich näher kenne. Ich habe ihm gesagt, dass wir uns gelegentlich in der Bar hier treffen und habe gefragt, warum er das wissen will. Er sagte, er habe eine Frage an dich, es würde aber nicht eilen. Er wisse ja, wo er dich finden kann."

Aus Ralfs Gesicht wich schlagartig alle Farbe.

„Das war ein Polizeispitzel", sagte er mit heiße-rer Stimme und ließ sich schwer in den Sessel fallen.

„Hör doch mit dem Blödsinn auf", sagte Gregor. „Wenn das ein Bulle gewesen wäre, hätte er sich nicht mit Andeutungen begnügt. Wahrscheinlich hat er mitbekommen, dass in eurer Galerie nicht nur Bilder verkauft werden. Jetzt werde bloß nicht wieder paranoid. Vermutlich wollte er einen Gra-tistrip rausschlagen. War er denn schon einmal bei dir?"

„Ja, ich glaube schon. Zumindest auf einer Ver-nissage im Frühjahr war er da. Er fiel mir auf, weil er mit Lisa....ach du Scheiße!! Er hat mit Lisa ge-flirtet. Jetzt sind wir fällig. Sie war damals mit einer Freundin da."

Ralfs Blick wurde flackernd, und seine Hände begannen zu zittern.

„Du solltest den Stoff weglassen" sagte Gregor. „Was ist schon dabei, wenn eine Frau, die später als Leiche gefunden wird, in deiner Galerie war. Sie war sicher auch beim Frisör, beim Gemüse-händler, im Tabakshop usw., ohne dass die jewei-ligen Inhaber gleich des Mordes verdächtigt wer-den. Zeitlich besteht doch gar kein Zusammen-hang."

Ralf stand auf. Mühsam beherrscht sagte er: „Ich gehe nach Hause, und morgen fliege ich für ein paar Wochen in die Sonne. Weiß noch nicht wohin. Werde schon was finden. Ich melde mich bei euch über einen öffentlichen Fernsprecher."

Er legte einen Schein auf den Tisch und verschwand.

„Was für ein Weichei" kommentierte Bernie Ralfs Abgang. „Der bringt uns noch in Teufels Küche mit seiner Schwarzseherei."

„Wir sollten ihn im Auge behalten", sagte Gregor, „und notfalls die Reißleine ziehen." Bernie nickte dazu.

Am Freitagnachmittag fuhr Kai, bewaffnet mit einem Handy und einer Prepaid-Card, nach Wedel. Die Tür des Hauses war verschlossen, und auf sein Klopfen reagierte niemand. Also setzte er sich ins Auto und wartete. Eine halbe Stunde später sah er Doc kommen, mit einer Einkaufstüte in der Hand.

„Guten Tag, ich hoffe, ich störe nicht" sagte er, nachdem er ausgestiegen war und Doc die Hand gereicht hatte.

„Aber keineswegs. Kommen Sie" entgegnete Doc und schloss die Haustür auf. „Ich hole Elisabeth, und dann trinken wir Kaffee."

Die Mittagsruhe hatte Elisabeth gutgetan. Sie lächelte, als sie Kai sah. „Wie schön, dass Klaus auch einmal einen Freund mitbringt" sagte sie. „Gehst du in seine Klasse?"

Kai nickte und sah Doc fragend an.

„Das ist Kai, Mama, er trinkt mit uns Kaffee."

„Habe ich denn einen Kuchen gebacken?" fragte sie Doc.

„Ja, Mama, alles ist in Ordnung." Er verschwand in der Küche und kam wenig später mit dem Kaffee und ein paar Plätzchen zurück.

„Mein Mann kommt auch gleich vom Feld", sagte Elisabeth, und trank ihren Kaffee in kleinen Schlucken.

„Willst du ein wenig Fernsehen?" fragte Doc. „Kai und ich müssen noch Hausaufgaben machen."

„Ja, geh nur Junge, ich komm schon zurecht."

Doc führte sie zum Sofa und schaltete den Fernseher ein. „Möchtest du noch einen Keks?" fragte er und strich ihr liebevoll über den Kopf. Aber der lichte Moment war vorbei. Sie reagierte nicht und starrte auf den Fernseher, der ohne Ton lief.

Doc kam zurück zum Tisch. „Diese Momente werden immer seltener" sagte er, und so etwas wie Traurigkeit schwang in seiner Stimme mit.

„Haben Sie schon einmal darüber nachgedacht, sie in eine Einrichtung zu bringen?" fragte Kai.

Doc nickte. „Das wird sich wohl nicht vermeiden lassen, aber bisher konnte ich mich noch in ausreichendem Maße um sie kümmern. Bis vor gar nicht allzu langer Zeit hat sie hier die meisten Stunden des Tages allein verbracht. Ich habe sie nur stundenweise betreut." Er schwieg.

Kai sah ihn auffordernd an, und Doc erzählte in kurzen Worten das, was er von Elisabeth erfahren hatte, als ihre geistigen Kräfte noch in höherem Maße vorhanden waren. Als er geendet hatte, sagte Kai: „Wenn Sie wollen, bin ich Ihnen gerne behilflich, sie in einem ordentlichen Haus für Demenzkranke unterzubringen."

Doc überlegte eine Weile. Dann sagte er: „Ich möchte sie so lange wie möglich in Ihrem gewohnten Umfeld lassen, erstens, weil ich der Meinung bin, dass sie sich hier besser fühlt als in einem Heim, und zweitens aus sehr eigennützigen Gründen: Solange Elisabeth hier lebt, habe ich auch eine Bleibe."

„Sie sagten, sie hätten - als sie Marion fanden – im Marschland gewohnt, habe ich das richtig in Erinnerung?"

„Ja. Ich habe dort in einem Container, der irgendwann angeschwemmt worden ist und an dem niemand Besitzansprüche geltend gemacht hat, gehaust."

Kai schwieg und auch Doc sagte nichts mehr.

Nach einer Weile unterbrach Doc das Schweigen und sagte: „Als ich aus dem Ausland zurückkam, bin ich in Hamburg gelandet. Ich hatte an meinem letzten Einsatzort Dinge gesehen und erlebt, die sich nur schwer ertragen ließen. Also habe ich Vergessen im Alkohol gesucht. Der Lärm in der Stadt und die vielen Menschen gingen mir allerdings bald auf die Nerven, und als ich einen Nichtsesshaften aus einer prekären Lage befreien konnte, sind wir beide raus aus Hamburg und Richtung Marschland gezogen. Es war damals Sommer und wir schliefen häufig draußen. Dann fanden wir die Container, die mit Kleidungsstücken, Decken und dergleichen mehr gefüllt waren. Wir nahmen, was wir brauchen konnten, richteten uns, so gut es ging, ein und lebten dort. Auf meinen Wanderungen kam ich an Elisabeths Haus. Sie war damals noch ganz gut in Schuss und fragte mich, ob ich einen Kaffee und ein Stück Kuchen haben wolle. So freundeten wir uns an. Ich besuchte sie, wann immer ich Lust dazu hatte, und sie freute sich immer, mich zu sehen. Irgendwann begann sie dann, mich für Klaus – ihren verstorbenen Sohn - zu halten. Zuerst widersprach ich natürlich, aber das machte sie unruhig und traurig. Also spielte ich mit. Und aus der Betreuung, die sie mir mit Kaffee, Kuchen oder Stullen hatte angedeihen lassen, wurde dann eben ihre Betreuung durch mich. Erst nachdem ich Marion gefunden habe, reifte in mir der Gedanke, ganz hierher überzusiedeln. Meinen Container habe ich einem Kumpel vermacht, der mir beim Transport von Marion behilflich war....sehen Sie, deswegen zögere ich, Elisabeth in ein Heim zu geben."

„Darf ich fragen, was Ihr letzter Einsatzort im Ausland war?"

„Liberia."

Kai nickte und schwieg. Er würde sich sachkundig machen müssen. Vielleicht erfuhr er auf diesem Wege auch den Namen des Mannes, der sich Doc nannte. Vermutlich hatte er keine Einkünfte und konnte keine reguläre Arbeit aufnehmen, ohne seine Identität preiszugeben.

„Wenn ich Ihnen irgendwie behilflich sein kann, lassen Sie es mich wissen" sagte Kai. „Aber zuerst einmal will ich Ihnen das versprochene Handy geben. Ich habe Ihnen bereits meine Nummer einprogrammiert. Alle weiteren Einstellungen können Sie selbst vornehmen."

Er zog das Telefon aus der Tasche und reichte es Doc. Dieser nahm es mit einem gemurmelten „Dankeschön" entgegen. Kai gab ihm noch das Ladekabel und die Gebrauchsanweisung. Dann sagte er: „Ich muss jetzt wieder los. Danke für den Kaffee und das Gespräch."

Kai war bereits an der Tür, als Doc sagte: „Ich muss über vieles nachdenken.....danach rufe ich Sie an. Nochmals vielen Dank."

Die Tür schloss sich hinter Kai.

Zu Hause vertiefte Kai sich in seine Unterlagen. Er musste für Samstag wieder einen Vortrag in einem Seminar vorbereiten. So überhörte er das Schnappen des Verbindungstürschlosses und erschrak, als Jan vor ihm stand.

„Entschuldige, ich wollte dich nicht erschrecken. Hast du einen Moment Zeit, oder soll ich später noch einmal kommen?"

„Schon gut. Was gibt es denn?"

„Marion muss operiert werden. Es hat sich bei dem Schlag auf den Kopf ein Splitter gelöst und der sitzt jetzt irgendwo im Gehirn und muss entfernt werden. So habe ich es jedenfalls verstanden."

„Besteht Lebensgefahr?"

„Nein, das nicht. Aber unser Arzt meint, es könne Wochen dauern, bevor Marion ihr Gedächtnis wiederfindet. Vorausgesetzt, es sind die organischen Ursachen, die die Amnesie bewirken."

„Was heißt das?"

„Es könnte auch sein, dass sich ihre Psyche weigert, sich zu erinnern."

Kai grinste. „Aus medizinisch-psychologischer Sicht ist deine Schilderung ein wenig amateurhaft, aber ich habe schon verstanden, was das heißen könnte."

„Ich bin schließlich Kriminalist und kein Gehirn-klempner" entgegnete Jan auf Kais gutmütigen Spott. Und nach einer kleinen Weile. „Ich bestelle uns Essen von Tonio's, dann kannst du weiterar-beiten. Ist 20.00 Uhr ok?"

„Ja, wunderbar. Danke dir."

Kai wandte sich wieder seinem Vortrag zu, und Jan verließ Kais Wohnung.

Das Handy schellte, als Kai gerade den Pinsel in die Farbe tauchte, um sein ein neues Bild zu kreieren. Unwillig zog der das Telefon aus der Tasche und schaute aufs Display. Es war Docs Nummer, die dort erschien. Er legte den Pinsel auf die Palette zurück und meldete sich.

„Wie schnell können Sie Elisabeth in einer Einrichtung unterbringen?" klang Docs gehetzte Stimme aus dem Handy. „Geht das nächste Woche?"

Kai verkniff sich jeglichen Kommentar über diese grußlose Eröffnung des Gesprächs. Langsam antwortete er: „Ich kann es versuchen, bezweifle aber, dass ich in der kurzen Zeit etwas Passendes finde." Und nach einer kurzen Pause: „Darf ich fragen, warum Sie plötzlich eine solche Eile an den Tag legen?"

„Ich muss aus privaten Gründen ein paar Tage weg" erklang die lapidare Antwort.

„Soll ich den Sozialdienst verständigen, dass der sich um Elisabeth während Ihrer Abwesenheit kümmert?"

Am anderen Ende der Leitung war Schweigen.

„Hallo?" fragte Kai nach einer Weile.

„Ich bin noch dran. Ich habe nur nachgedacht....gibt es keine andere Lösung?"

„Wenn ich Sie richtig verstanden habe, sind Sie kurzfristig für ein paar Tage nicht verfügbar und suchen eine Betreuung für Elisabeth. Ein Heimplatz ist in der Kürze der Zeit kaum zu bekommen, also kämen nur eine Tagesbetreuung und der Sozialdienst infrage, bzw. ein Privatunternehmen, das Elisabeth wäscht, anzieht, mit Nahrung versorgt und wieder zu Bett bringt. Allerdings wäre sie dann über Nacht allein."

„Ja, das habe ich verstanden."

„Können Sie Ihre auswärtigen Verpflichtungen nicht ein paar Tage verschieben?"

„Nein, ich glaube nicht......haben Sie Lust, mit mir heute Abend ein Glas Wein zu trinken?"

Kai stutzte über die Wendung des Gesprächs, ließ sich aber nichts anmerken. „Gern, um 20.00 Uhr?"

„Ja, danke, bis später."

Das Gespräch war beendet.

Kai griff wieder zum Pinsel und überlegte. Er war sich fast sicher, dass Doc heute Abend etwas von seinem Leben preisgeben würde. Er gestand sich ein, dass ihn nicht nur Interesse an der Person, sondern auch eine gehörige Portion Neugier veranlasst hatte zuzusagen. Er ließ den Pinsel wieder sinken und griff erneut zum Handy. Als Jan sich meldete, sagte er:

„Ich fahre heute Abend zu Doc. Da scheint es irgendetwas zu geben, was zu klären ist. Ist es dir Recht, wenn wir früher als gewöhnlich essen?"

„Kein Problem, auf unserem Lieblingssender kommt heute Abend ein Film von Chabrol, den ich mir gerne ansehen würde. Weißt du schon, wann du zurück sein wirst?"

„Nein, kann ich noch nicht mit Sicherheit sagen, aber vermutlich zwischen 22.00 und 23.00 Uhr."

Als Kai bei Doc ankam, saß dieser im Wohnzimmer am Tisch, während Elisabeth wie immer in den Fernseher starrte. Vor Doc standen eine ungeöffnete Flasche Rotwein und zwei Gläser.

„Seit ich hier eingezogen bin, habe ich keinen Tropfen Alkohol mehr angerührt" sagte er zur Begrüßung.

„Dann sollten wir vielleicht besser Kaffee trinken, zumal ich ja noch fahren muss" entgegnete Kai.

Etwas wie Erleichterung machte sich in Docs Gesicht breit.

„Gute Idee. Ich koche schnell welchen." Mit diesen Worten verschwand er in der Küche, und Kai hörte ihn Wasser in den Kessel füllen.

Während er allein im Wohnzimmer saß, beobachtete er Elisabeth. Sie nahm nichts um sie herum war, starrte auf das lautlose Fernsehprogramm und wiegte sich leicht hin und her. Es wurde tatsächlich Zeit, dass sie professionelle Betreuung bekam, dachte er. Er hatte auch schon eine Idee, wo er sie unterbringen konnte, allerdings brauchte er dazu einen größeren zeitlichen Vorlauf.

Doc kam mit dem Kaffee zurück. Sein Gesicht war sehr ernst. Als das Getränk in den Tassen dampfte, sagte er:

„Die Apothekerin hier im Ort ist eine nette Person, die mir schon oft geholfen hat. Sie kommt aus dem Rheinland, ist aber – so sagte sie mir jedenfalls – vor mehr als 20 Jahren nach Hamburg gezogen, um zu studieren. Dort hat sie dann ihr späterer Mann, der aus dieser Gegend stammte, kennengelernt. Ihm gehörte die Apotheke. Er ist mittlerweile verstorben. Sie aber ist geblieben. Nun kommt ihre Schwester in der nächsten Woche zu Besuch, und sie hat mich zum Sauerbraten-Essen eingeladen, da sie meinem Akzent entnommen hat, dass auch ich aus dem Rheinland stamme. Wie Ihre Schwester heißt, weiß ich nicht, aber dass sie als OP-Schwester an der Uni-Klinik in Bonn arbeitet, hat sie mir verraten. Ich befürchte, dass die Dame mich kennt, und deshalb möchte ich ihr nicht begegnen. Allerdings kann ich auch nicht einfach die Einladung ablehnen, ohne die Apothekerin zu verletzten. Das ist die Situation, in der ich mich befinde."

„Was wäre so schlimm, wenn die Dame Sie kennen würde?" fragte Kai.

Doc schwieg.

Nach einer ganzen Weile sagte er mit einem tiefen Seufzer in der Stimme: „Ok. Also die ganze Geschichte. Ich war Oberarzt in Bonn, und bin eines Nachts zu einem Notfall gerufen worden. Ich hatte – wie meistens abends – getrunken, mit gutem Gewissen, da ich keinen Dienst hatte. Auf dem Weg zur Klinik ist aber der Diensthabende verunglückt, und so musste ich ran. Während der OP traten Blutungen im Bauchraum auf, die ich nicht stillen konnte. Vermutlich habe ich – bedingt durch meinen Rausch – eine Arterie angestochen. Um es kurz zu machen: Die Patientin blieb auf dem Tisch. Ich entledigte mich meiner OP-Kleidung, verließ das Krankenhaus, kündigte am nächsten Morgen fristlos. Meine Wohnung befand sich im Obergeschoss eines Hauses, das einem befreundeten Ehepaar gehörte. Ich packte alles, was mir wichtig schien zusammen, ließ meinen Audi zurück als Entschädigung für entstandene oder noch zu verrechnende Kosten, fuhr mit dem Zug nach Amsterdam und nahm von dort einen Flieger nach Asien, wo ich mich einem Ärzteteam anschloss, das in der 3. Welt arbeitet, vorwiegend in den Slums oder in Krisengebieten. Zuletzt in Liberia...das habe ich Ihnen ja schon erzählt."

„Verstehe. Falls die Schwester der Apothekerin Sie kennt, wird sie also auch die Umstände Ihres Verschwindens kennen. Ist es das, was sie befürchten?"

„Genau."

„Hat es denn eine Anklage oder ähnliches gegeben?"

„Ich weiß es nicht. Am Morgen nach diesem schrecklichen Abend habe ich meine Barschaft auf eine andere Bank transferiert, und bin geflohen.

„Gab es keine Verwandten, Freunde, Freundinnen?"

„Verwandte nein, Freunde und eine Freundin gab es schon, aber nach der Schuld, die ich auf mich geladen hatte, habe ich jeglichen Kontakt abgebrochen."

„Danke für Ihr Vertrauen" sagte Kai. „Verraten Sie mir nun auch Ihren Namen?"

„Hans Werremeier."

Elisabeth regte sich und Doc sagte: „Ich muss sie jetzt zu Bett bringen. Glauben Sie, Sie können mir helfen?"

„Ich tue mein Bestes. Morgen rufe ich Sie an. Es kann jedoch durchaus Abend werden."

„Kein Problem. Haben Sie vielen herzlichen Dank."

Er ergriff Kais Hand und drückte sie fest. „Nehmen Sie die Flasche mit", sagte er „ich habe dafür keine Verwendung mehr. Falls er Ihnen nicht schmeckt, zum Kochen taugt er allemal."

Gregor war auf dem Weg, Bernie zum Lunch zu treffen, als Andrea, die Geschäftspartnerin von Ralf, ihn anrief.

„Sag mal, Gregor, weiß du, wo Ralf steckt?" fragte sie ihn, nachdem sie die üblichen Höflichkeitsfloskeln getauscht hatten. „Hier war gestern und heute ein Mann, der ihn unbedingt sprechen will. Was sein Anliegen ist, hat er mir nicht gesagt, und ich weiß nur, dass Ralf Urlaub in der Sonne machen wollte, jedoch nicht wo genau. Seine Entscheidung kam für mich zwar etwas plötzlich, aber du weißt ja selbst, wie sprunghaft er sein kann."

„Nein, tut mir leid, bisher hat er sich auch bei mir nicht gemeldet. Falls er es noch macht, sage ich ihm, dass der dich anrufen soll."

„Das wäre nett. Danke dir."

Eine Viertelstunde später, als Bernie und Gregor beim Aperitif saßen, sagte Gregor: „Ich möchte nur wissen, was er Kerl von Ralf will. Hoffentlich meldet er sich bald."

„Wenn du ihm sagst, dass der Typ schon wieder nach ihm gefragt hat, kriegt der doch das Fracksausen. Ich finde, er sollte erst an Land kommen. Du weißt doch selbst, wie paranoid er immer gleich reagiert."

„Ja, schon wahr, aber ich wüsste auch gerne, was hinter der Geschichte steckt, und vor allen Dingen wüsste ich gerne, wo Ralf untergetaucht ist."

„Ich hab ne Idee" sagte Bernie. „Wenn der Kerl wieder bei Andrea auftaucht, soll sie einen Termin am Abend machen und so tun, als sei Ralf zurück. Stattdessen sind wir dann zur Stelle, und wenn der Knilch irgendetwas weiß, kriegt er eins auf die Mütze."

„Dass du immer gleich so gewalttätig sein musst! Aber du hast mich auf eine bessere Idee gebracht. Wir werden tatsächlich zur Stelle sein und ihn fragen, was er von Ralf will. Höflich fragen, verstehst du? Wenn er dann tatsächlich irgendetwas von der Geschichte mit den Mädels wissen sollte, können wir immer noch überlegen, wie wir weiter vorgehen. Mein Gefühl sagt mir jedoch, dass es sich um etwas anderes handelt."

„Ok. So machen wir es. Ruf Andrea an und sag ihr Bescheid."

Zwei Tage später rief Andrea Gregor an, als sich dieser gerade den zweiten Whisky genehmigen wollte.

„Der Mann war wieder da. Ich habe ihm gesagt, Ralf sei heute Abend im „Roten Schwan". Er will ihn um 23.00 Uhr dort treffen. Geht das in Ordnung?"

„Sicher. Ich sag dir dann morgen, was er wollte. Hat sich Ralf schon bei dir gemeldet?"

„Nein, leider nicht."

„Bei mir auch nicht. Bis morgen dann."

Gregor sah auf die Uhr. Noch gut 2 Stunden Zeit. Also erst einmal Bernie verständigen. Pünktlich um 22.30 Uhr saßen beide auf dem Parkplatz vor dem „Roten Schwan" im Auto.

Sie rauchten und warteten. Kurz nach 23.00 Uhr fuhr ein gelber Porsche vor, parkte in der zweiten Reihe, und der besagte Mann, mit dem Gregor schon in der Bar vor einiger Zeit gesprochen hatte, stieg aus. Gregor betätigte die Lichthupe, während Bernie ausstieg und auf den Mann zuging.

„Komm mit zum Auto" sagte Bernie. Er öffnete die hintere Tür von Gregors Wagen, und als der Mann sich vorbeugte, schubste er ihn ins Innere, stieg hinter ihm ein und schloss die Tür. Gregor drehte sich um und sagte: „Der Herr, den Sie suchen, ist leider verhindert. Kann ich Ihnen weiterhelfen?"

Ein wenig verwirrt stotterte der Mann: „Sind Sie denn auch Galerist?"

„Nein"

„Dann glaube ich kaum, dass Sie mir helfen können."

Bernie fuhr den Mann an: „Du sagst jetzt sofort, worum es geht, sonst lernst du mich von einer weniger freundlichen Seite kennen."

Trotz der Dunkelheit im Inneren des Wagens konnte Gregor im Rückspiegel sehen, dass dem Mann ob dieses rüden Tons die Gesichtszüge entgleisten.

Er schwieg. Bernie packte ihn im Genick. „Rede!" sagte er. „Du hast genau 30 Sekunden."

„Ich habe ein Bild geerbt", antwortete der Mann bereitwillig, „Ich wollte von dem Galeristen wissen, was es wert ist, und ob er es für mich verkaufen kann."

Gregor dreht sich um und sagte: „Hören Sie, ich bin ein friedfertiger Mensch, aber wenn mir jemand so dicke Lügen auftischt, fängt mein Geduldsfaden an, zunehmend dünner zu werden. Also: Die Wahrheit bitte, und zwar die ganze Wahrheit."

Ein Blick zu Bernie veranlasste diesen, die Hand vom Genick des Mannes zu nehmen.

„Ok. Das Bild ist kein Erbstück. Den Wert kenne ich, und ich möchte es loswerden, habe aber nicht die richtigen Verbindungen. In der Galerie werden ja auch andere Sachen gehandelt, wie ich erfahren habe, und da dachte ich mir, wir könnten vielleicht halbe/halbe machen...."

„Es tut mir leid, aber ich muss Ihnen sagen, dass an dem Gerücht, in der Galerie würden Drogen vertrieben, nichts Wahres daran ist. Der Galerist hat deswegen bereits einen Anwalt eingeschaltet und auf diese Verleumdungen mit einer Gegenklage reagiert. Außerdem würde sich die Galerie niemals in obskure Geschäfte mit Bildern unbekannter Herkunft einlassen. Ich darf Sie also bitten, keine weitere Zeit mit entsprechenden Anfragen zu verschwenden. Für das unfreundliche Verhalten meines Bodyguards entschuldige ich mich. Verlassen Sie jetzt bitte mein Auto."

Bernie stieg aus und öffnete die hintere Tür. Ohne ein weiteres Wort verließ der Mann das Auto, lief zu seinem Porsche, startete den Wagen und fuhr davon.

„Stimmt das wirklich, das mit dem Anwalt?" fragte Bernie.

„Blödsinn. Natürlich nicht. Ich wollte dem Typen nur klarmachen, dass er sich einen anderen Deppen für den Verkauf eines geklauten Bildes suchen soll."

„Hätte ich dem auch beigebracht, ohne so ein Gesülze."

„Ja, Bernie, aber ich habe das Gespräch mit meinem Handy aufgezeichnet. Und da stehen wir sauber und korrekt da. Sollte der Typ es wagen, noch einmal Ralf auf den Geist zu gehen, habe ich die entsprechenden Mittel, ihn zu stoppen. Deine Methode hätte uns nur weitere Scherereien eingebracht. Ist das soweit klar?"

„Türlich, bin ja nicht blöd. Gehen wir jetzt rein, was trinken?"

„Aber höchstens eine Stunde. Habe morgen lange Schicht, da will ich fit sein."

Jan saß mit einer Kaffeetasse in der Hand auf der Couch, als Kai durch die Verbindungstür eintrat. Mit kurzen Worten erzählte er das Gehörte und schloss mit den Worten: „Ich brauche deine Hilfe in zweierlei Hinsicht. Ich muss herausfinden, was damals mit der Patientin, von der Hans Werremeier sprach, geschehen ist, und ob es ein Ermittlungsverfahren gegeben hat. Außerdem hoffe ich, du kannst dich an die Adresse des Hauses am Jadebusen erinnern, in dem wir vor fünf oder sechs Jahren waren."

„Die letzte Frage ist schon beantwortet. „Haus Angelika". Den Hausprospekt findest du in meinem Urlaubsordner, über den du dich immer amüsierst. Nun siehst du mal, wozu der gut sein kann."

Kai lachte gutmütig. „Hast ja Recht, ich nehme alles zurück, was ich jemals gesagt habe und behaupte das genaue Gegenteil. Bekomme ich auch einen Kaffee?"

Beide lachten. Dann wurde Jan wieder ernst. „Die andere Geschichte ist schon schwieriger. Falls es ein Verfahren gegeben hat, könntest du entsprechende Artikel in der Presse finden. Sollte die Klinik jedoch aus verständlichen Gründen einen Skandal vermieden und von einer Anklage abgesehen haben, kannst du keinerlei Hinweise finden. Da müsstest du schon direkt mit der Klinikleitung sprechen."

„Das käme mir wie Verrat vor, das werde ich keinesfalls tun."

„Habe ich mir schon gedacht. Dann sei kreativ. Kennst du nicht einen Kollegen in Bonn, der dir behilflich sein kann?"

„Nein, leider nicht."

„Wie ist es, kannst du die Apothekerin nicht aushorchen? Spiel ihr irgendetwas vor!"

„Erstens ist es deren Schwester, die etwas wissen könnte, und zweitens ist mein Auto schon einige Mal dort gesehen worden.....Moment mal, was hast du gerade gesagt?"

„Dass du die Apothekerin aushorchen sollst."

„Nein, danach."

„Spiel ihr etwas vor."

„Genau, das ist es. Rena! Sie ist die Lösung!

„Wie bitte."

„Rena wird eine Rolle spielen, die uns hoffentlich weiterhilft."

„Was genau meinst du?"

„Ich denke noch nach. Aber ich bin sicher, mir fällt etwas ein. Sobald ich den Gedanken zu Ende gedacht habe, werde ich es dich wissen lassen. Bis dahin bleibt das Zeitungsarchiv. Brauche ich dazu eine Genehmigung?"

„Meines Wissens nicht. Die Presse ist ein öffentliches Organ."

Nach einer zweiten Tasse Kaffee sagte Kai: „Wir werden Rena bitten, nach Hamburg zu kommen, wenn die Schwester der Apothekerin in Wedel ist. Wir erklären ihr, worum es geht, und sie wird hoffentlich eine Möglichkeit finden, das Gespräch auf ihren „Onkel" Hans Werremeier zu brin-

122

gen. Dann sehen wir ja, was dabei herauskommt. Aber morgen rufe ich als erstes „Haus Angelika" an und höre nach, ob in den nächsten Tagen „unser" Zimmer mit der Verbindungstür frei ist."

„Gut. Steht sonst für heute noch etwas auf dem Programm?"

Kai lachte. „Lasst den Worten Taten folgen! Frei nach Goethe."

Das Telefon in Gregors Büro schellte. Moira, die schwarzhaarige, vollbusige Frau von der Rezeption meldete sich:

„Gregor, hier sind zwei Herren von der Polizei, die Sie sprechen möchten, kommen Sie herunter, oder soll ich die Herren in Ihr Büro schicken?"

Gregor durchfuhr ein eisiger Schreck. „Also doch" dachte er.

„Ich habe noch etwas zu erledigen, in komme in 10 Minuten herunter. Biete den Herren doch einen Kaffee an", sagte er, um Zeit zu gewinnen.

Er sah sich hektisch um. Verschwinden konnte er nicht, das hätte auch keinen guten Eindruck gemacht, jetzt, wo die Polizisten wussten, dass er im Haus war. Er holte tief Luft. „Ahnungslos tun" sagte er sich. Solange keine Beweise vorlagen, konnte man ihm gar nichts wollen. Er überprüfte im Spiegel den Sitz seiner Krawatte. Gerne hätte er sich jetzt aus dem Kühlschrank bedient, wo immer eine Flasche Wodka auf Eis lag, aber auch diesen Gedanken verwarf er wieder. Sollte er Bernie anrufen? Nein, auf keinen Fall. Vielleicht war die Polizei ja auch bei ihm, und dann würde er sich nur verdächtig machen. Er wischte sich den Schweiß von der Stirn und öffnete die Tür. Seine Knie schienen aus Pudding zu sein. „Ruhe bewahren" befahl er sich selbst und ging nach unten.

Die beiden Polizisten standen noch immer an der Rezeption. „Aha", dachte er, „sie wollten also keinen Kaffee".

„Womit kann ich Ihnen behilflich sein?" fragte er freundlich und bemerkte, dass seine Stimme einen heißeren Klang angenommen hatte.

„Wir kommen wegen des angeblichen Herrn Mukloch, der das Hotel, ohne zu bezahlen, verlassen zu haben scheint."

Gregor sah Moira irritiert an. „Worum geht es? Ich verstehe nicht."

„Unsere Hausdame hat Anzeige erstattet, weil der Gast offensichtlich die Zeche geprellt hat."

„Und warum weiß ich davon nichts?"

Jetzt sah Moira irritiert drein. „Sie wollte Ihnen ein Memo schreiben. Sie bemerkte es an Ihrem freien Tag und hat den Hauptgeschäftsführer informiert. Der hat Anweisung gegeben, dass wir den Gast als vermisst melden und gleichzeitig darauf hinweisen sollen, dass seine Rechnung unbezahlt ist."

„Aha" sagte Gregor lahm. Sein Gehirn hatte auf Sparflamme geschaltet. „Ich habe kein Memo bekommen." Zu den Polizisten gewandt sagte er: „Was kann ich in der Sache tun?"

Der ältere der beiden Beamten sagte: „Wir würden gerne einen Blick in das Anmeldeformular werfen. Er wurde doch ordnungsgemäß angemeldet?"

„Sicher" sagte Gregor und bekam langsam wieder Oberwasser. „Bitte kommen Sie mit in mein Büro." Gregor händigte den Polizisten eine Kopie des Anmeldeformulars aus und sah auf die Einträge. Er pfiff leise durch die Zähne. „Drei Wochen in der Fürstensuite" sagte er, „dazu eine Anzahl von Speisen und Getränken".

Hastig tippte er Zahlen in seinen PC. „Etwas über 11.000 Euro" sagte er zu den Beamten. Benötigen Sie die genauen Zahlen?"

Der ältere Beamte nickte und Gregor schickte die Zahlen an den Drucker.

„Und wie geht es jetzt weiter?" fragte er.

„Wir verfolgen den Fall natürlich, aber ich denke, Sie sollten sich keine allzu großen Hoffnungen machen. Name und Adresse sind auf jeden Fall gefälscht, wir gehen zumindest davon aus. Und die Personenbeschreibung, die uns Ihre Dame an der Rezeption gegeben hat, ist nicht sehr aussagekräftig. Sobald wir neue Erkenntnisse haben, werden wir Sie selbstverständlich in Kenntnis setzen."

„Vielen Dank" sagte Gregor und öffnete die Tür, um seine Besucher nach unten zu begleiten.

Kaum hatten diese das Haus verlassen, rief er die Hausdame an und befahl sie umgehend zu sich.

Frau Lundgard, eine Deutsche mit skandinavischen Wurzeln, groß, blond und sehr selbstbewusst, blieb an der Tür stehen.

„Ja?" fragte sie gedehnt

„Wieso erfahre ich erst durch die Polizei, dass wir hier einen Zechpreller aufs Feinste bewirtet haben?" keifte er wütend los.

„Vielleicht liegt es daran, dass Sie Ihre Mails nicht gelesen haben", antwortete Frau Lundgard gleichmütig.

„Ich habe schließlich auch noch etwas anderes zu tun" entgegnete Gregor und merkte selbst, dass dieses Argument momentan völlig unangebracht war. „Entschuldigung" fügte er lahm hinzu und blätterte hastig seinen Mailaccount durch. Er fand die Nachricht, die vor drei Tagen bei ihm eingegangen war. „Danke" sagte er. „Sie können wieder an Ihre Arbeit gehen".

Frau Lundgard nickte und verließ das Büro.

Er rief die Mail auf. Dort stand es in allen Einzelheiten: Das Zimmermädchen der 4. Etage hatte gemeldet, dass das Bett des Gastes bereits seit zwei Tagen unbenutzt gewesen sei, ebenso die Handtücher. Daraufhin hatte die Hausdame das Zimmer aufgesucht und einen Blick in den Schrank und ebenfalls in die beiden Koffer, die leer waren, geworfen. Lediglich der Bademantel des Hotels und die zur Verfügung gestellten Badeschuhe standen im Schrank. Auf dem Tisch im Wohnbereich lagen einige Prospekte aus Hamburg und Umgebung, die von der Touristeninformation stammten. Auf dem Nachttisch stand ein Bilderrahmen, das Bild darin zeigte eine junge Frau. Bei näherem Betrachten fiel allerdings auf, dass es sich um einen Druck handelte und sich beim Kauf bereits im Rahmen befunden haben mag. Über einer Sessellehne lag ein Shirt, Billigware, wie sie in jedem Kaufhaus erstanden werden konnte. Da die Suite am Vortag bereits gereinigt worden war, ging die Polizei, die man telefonisch verständigte, nicht davon aus, dass sich noch verwertbare Spuren in der Suite befanden.

Gregor schloss die Mail und überlegte, wie er sein Versäumnis dem Hauptgeschäftsführer beibringen sollte.

„Haus Angelika" war eine gemütliche Pension, die von der Eigentümerin selbst geführt wurde.

Sie begrüßte Hans Werremeier und Elisabeth freundlich, die von Sina, Jans Schwester, mit dem Auto hingebracht worden waren.

„Auf Wunsch von Herrn Lichterfeld habe ich einen Rollstuhl für Ihre Tante besorgt, er steht in Ihrem Zimmer. Der Aufzug ist gleich links hinter der Rezeption", sagte sie abschließend.

„Klaus, was machen wir hier?" fragte Elisabeth.

„Wir machen ein paar Tage Urlaub, Mama, die Seeluft wird dir guttun" sagte Doc.

Die Pensionswirtin stutzte. „Herr Lichterfeld hat gesagt, Ihr Name sei Hans Werremeier, und die Dame in Ihrer Begleitung sei Ihre Tante."

Leise entgegnete Doc. „Das ist korrekt. Meine Tante ist dement und hält mich gelegentlich für ihren Sohn Klaus, der aber schon lange verstorben ist."

„Ach so, verstehe. Dann wünsche ich Ihnen einen angenehmen Aufenthalt. Kaffee und Kuchen gibt es um halb Vier" fügte sie mit einem Lächeln hinzu.

Doc nickte dankend und fuhr mit Elisabeth nach oben. Er sah sich in den beiden Zimmern um. Sie waren gemütlich und hatten einen Balkon mit Blick aufs Wasser. Schnell packte er seine und Elisabeths Sachen aus, begutachtete den Rollstuhl und half Elisabeth hinein.

„Wir machen einen kleinen Spaziergang, Mama", sagte er, „und wenn wir zurückkommen, gibt es Kaffee und Kuchen."

Elisabeth reagierte nicht, ließ sich willig in den Stuhl verfrachten und gab durch nichts erkennen, dass sie die Umgebung wahrnahm, als Doc sie die Promenade entlang schob.

Sein Handy klingelte. Er nahm es aus der Tasche und meldete sich mit einem „Hallo".

„Alles zu Ihrer Zufriedenheit?" fragte Kai. „Wie geht es Elisabeth?"

„Es ist wunderschön hier, die Pension ist großartig und Elisabeth hatte nur ganz kurz einen lichten Moment. Gerade gehen wir ein wenig spazieren, bis es Zeit für Kaffee und Kuchen ist" fügte er hinzu. Kai lachte. „Na dann wünsche ich guten Appetit und einen schönen Aufenthalt" schloss er das Gespräch.

Nachdem er das Handy wieder eingesteckt hatte, fiel Doc ein, dass er gar nicht nach dem Preis für die Zimmer gefragt hatte. Er hoffte, seine Barschaft würde ausreichen. Eine Kreditkarte hatte er nicht. Vor der Abfahrt hatte er sich zwar mit Bargeld versorgt, aber ob das reichen würde? Er beschloss morgen nachzufragen, damit es bei der Abreise nicht zu Peinlichkeiten käme.

Während er Elisabeth weiter am Meer entlang schob, schlich sich ein Grinsen in sein Gesicht. Es war ganz einfach gewesen, sich mit Hans Werremeier ansprechen zu lassen. Er hätte nach dem Desaster in Bonn nie geglaubt, dass er das noch einmal fertigbringen würde. Aber hatte er auch Kraft genug, sich seiner Vergangenheit zu stellen? In den letzten beiden Tagen hatte er intensiv nachgedacht und war zu der Einsicht gelangt, ein Leben auf der Flucht vor der Vergangenheit war kein Leben. Sobald Elisabeth untergebracht war, und das ließ sich nicht mehr lange aufschieben, musste er eine Entscheidung treffen. Er würde nach Bonn fahren und sich den Konsequenzen stellen. Ob er ins Gefängnis musste? Was stand auf „fahrlässige Tötung"? Und seine Flucht würde sich wohl kaum strafmildernd auswirken. Und wie würde Marion reagieren, wenn sie davon hörte? Er dachte viel an sie und hoffte, dass er bei seiner Rückkehr bereits positive Neuigkeiten über ihren Zustand erfahren würde. „Wenn ich diesen Schritt wage und nach Bonn gehe", dachte er, „werde ich auch bei Marion reinen Tisch machen und nicht schon wieder sang- und klanglos verschwinden." Er gestand sich ein, dass es ihm wichtig war, wie Marion über ihn dachte und schmunzelte über sich selbst. „Du wirst dich doch auf deine alten Tage nicht verliebt haben" sagte er leise zu sich selbst, „du hast ganz andere Probleme, mein Guter."

Am Kaffeetisch, nachdem Doc den Apfelkuchen für Elisabeth in kleine Stücke geschnitten hatte, fragte sie ihn: „Hab ich den gebacken, Junge?" Und Doc antwortete: „Ja, Mama, und er ist dir besonders gut gelungen." Sie lächelte ihn an und schob sich ein weiteres Stück in den Mund. Beim nächsten Bissen war ihr Blick jedoch wieder leer.

Kai saß im Zeitungsarchiv und blätterte im PC durch die alten Ausgaben, die vor sieben Jahren gedruckt und danach digitalisiert worden waren. Der junge Mann, der das Archiv betreute, hatte ihm gezeigt, wie er durch die Eingabe von Schlüsselwörtern die Suche auf das Wesentliche beschränken konnte. Er fand aber keinen entsprechenden Eintrag. Er ging ein weiteres Jahr zurück, aber auch hier wurde er nicht fündig. Er versuchte es mit einer Reihe neuer Schlüsselwörter, blieb jedoch wiederum erfolglos. Bei dem jungen Mann bedankte er sich und verließ das Archiv.

Welche Möglichkeiten, das damalige Geschehen zu erkunden, blieben ihm noch?

Die Idee, Rena mit einzubeziehen, erschien im nicht mehr so gut wie an jenem Abend. Es musste sich doch noch eine andere Lösung finden lassen. Gedankenverloren startete er seinen Wagen. Die Antwort konnte er nur in der Uni-Klinik finden, welche Fragen aber durfte und musste er stellen, ohne Hans Werremeier zu brüskieren, und vor allen Dingen, wen konnte er fragen?

Plötzlich hatte er die Idee, dass Hans Werremeier möglicherweise Fachberichte oder dergleichen geschrieben haben könnte. Er fuhr auf den Seitenstreifen und rief die entsprechenden Seiten auf. Und er wurde fündig. „Operatives Vorgehen bei Aorten Anomalie" war vor acht Jahren veröffentlicht worden und der Verfasser war Hans Werremeier.

Kai saß in Ennos Büro. „Ich brauche dringend ein oder zwei Tage Urlaub in einer persönlichen Angelegenheit" sagte er. „Wie sieht es mit der Neueinstellung aus. Muss ich am Assessment-Verfahren teilnehmen?"

„Ja, das wäre gut. Andererseits haben wir uns schon entschieden. Wenn der Kandidat nicht total danebenhaut, hat er den Vertrag sicher."

„Das heißt also ja" resümierte Kai und Enno nickte dazu.

Zwei Stunden später fuhr Kai auf der Autobahn Richtung Süden.

Vor der Uniklinik Bonn suchte er sich einen Parkplatz und betrat das Foyer. Der Wegweiser wies ihm den Weg zur Chirurgie. Er setzte sich auf einen Stuhl vor dem OP 2 in die Nähe des Schildes „kein Zutritt" und wartete. Es dauerte nicht allzu lange und zwei Ärzte verließen den Op. Wenig später kamen zwei Schwestern aus dem sterilen Bereich. Als sie an ihm vorüber gingen, sagte er: „Entschuldigung, darf ich Sie etwas fragen?" Die ältere der beiden antwortete: „Keine Zeit, ich muss zur Station." Die jüngere Frau blieb bei ihm stehen.

„Worum geht es denn?" fragte sie.

„Ich suche den Kollegen Werremeier" antworte-te Kai. Einen Moment blickte die Schwester ihn irritiert an. „Meinen Sie Dr. Werremeier?" fragte sie zurück. Kai nickte.

„Der arbeitet nicht mehr bei uns."

„Oh" sagte Kai, „können Sie mir sagen, wo ich ihn erreichen kann. Es ist wichtig."

Die Frau, auf deren Namensschild Schwester Lilli stand, schüttelte den Kopf. „Tut mir leid, keine Ahnung."

„Ob man mir in der Verwaltung Auskunft geben kann, was meinen Sie?"

„Glaube ich nicht. Kann Ihnen einer unserer anderen Ärzte vielleicht weiterhelfen?"

„Die Sache ist ein wenig kompliziert. Haben Sie Lust, mit mir einen Kaffee zu trinken, dann erzähle ich Ihnen, worum es geht."

„Ich habe jetzt ohnehin frei. Gehen wir in die Mensa" sagte Schwester Lilli. Sie schenkte ihm ein strahlendes Lächeln.

Als beide vor ihrem Kaffee und einem Stück Bienenstich saßen, begann Kai mit seiner Geschichte: „Mein Name ist Dr. Kilian Schröder, ich bin Psychiater. Mein Bruder Albert ist vor einem halben Jahr verstorben" sagte er. „Er litt an einer Anomalie der Aorta. Bereits in jüngeren Jahren hatten ihn die Ärzte aufgegeben, da er nicht narkosefähig war. Dann hat er Dr. Werremeier kennengelernt, und der hat ihm noch etliche gute Jahre ermöglicht."

„Das muss vor meiner Zeit gewesen sein", sagte Schwester Lilli. „Ich habe ja nur 4 Monate mit ihm gearbeitet, aber ein Patient mit dem Namen Albert Schröder sagt mir nichts."

„Kann es auch nicht" antwortete Kai. Das war vor Werremeiers Bonner Zeit."

135

„Ach so. Erzählen Sie bitte weiter."

„Im Nachlass meines Bruders, den ich erst jetzt durchgesehen habe, da ich eine Zeitlang im Ausland gearbeitet habe, fand ich ein Schreiben, mit der Bitte, es dem Kollegen Werremeier auszuhändigen. Sehen Sie, ich mache mir Vorwürfe, dass ich es nicht geschafft habe, Albert noch lebend anzutreffen. Aber seinen letzten Wunsch möchte ich ihm unbedingt erfüllen."

Schwester Lilli nickte verständnisvoll.

„Die Sache ist die", sagte sie „Dr. Werremeier ist vor sechs oder sieben Jahren nach einer Operation verschwunden, nein, nicht verschwunden, er hat fristlos gekündigt und ist gegangen. Niemand hier im Haus hat ihn seitdem wiedergesehen."

„Hatte er denn hier keine Freunde, irgendjemand, mit dem er näheren Kontakt hatte?"

„Doch, ich glaube Schwester Nelli, die hat er jedenfalls aus Koblenz mitgebracht. Aber die ist z.Z. nicht im Haus. Sie besucht ihre Schwester irgendwo bei Hamburg."

„Wissen Sie, wann sie wieder im Dienst ist?"

„Nächsten Mittwoch ist sie wieder zur OP eingeteilt."

„Vielen Dank, liebe Schwester Lilli", sagte Kai charmant, „Sie haben mir sehr geholfen. Ich komme dann nächste Woche noch einmal vorbei." Er lächelte sie an, und sie strahlte zurück. „Das würde mich freuen" sagte sie.

Kai verabschiedete sich von Schwester Lilli und verließ die Mensa.

Vom Auto aus rief er Sina an.

„Bist du heute Abend zu Hause?", fragte er.

„Ja, aber Konstantin kommt vorbei", antwortete sie. „Warum fragst du? Du willst dich doch nicht etwa mit mir verabreden, oder ist etwas mit Jan?"

„Nein, alles in Ordnung. Ich möchte dich nächste Woche zum Essen einladen, dafür, dass du bereit bist, dein Auto mit meinem zu tauschen. Nur für zwei Tage."

Sina lachte. „Du bist unmöglich, und dafür, dass ich zwei Tage lange deine Nobelkarre fahren darf, brauchst du mich nicht einzuladen. Wann kommst du?"

„Kann spät werden, ist vielleicht besser, wir verschieben es auf morgen früh."

„Konstantin bleibt über Nacht, ich habe morgen frei. Aber ich mache dir einen Vorschlag. Ich lege den Autoschlüssel auf den linken Vorderreifen. Du kannst mir deinen Schlüssel in den Briefkasten werfen. Ist das ein guter Vorschlag?"

„Der beste! Du bist ein Schatz! Und viel Spaß heute Abend."

Er legte auf.

D as Sekretariat von Dr. Bernauer hatte Rena angerufen und ihr mitgeteilt, dass man Marion aus dem künstlichen Koma holen wolle. Sie möge sich – wenn möglich – gegen Mittag in der Klinik einfinden. Und nun saß Rena am Bett ihrer Mutter, hielt deren Hand und wartete. Ein mehrfaches Zucken der Augenlider ließ sie zu der Überzeugung kommen, dass Marion bald erwachen würde. Auch die anwesende Schwester schien der Meinung zu sein, denn sie verständige Dr. Bernauer. Als dieser wenig später eintraf, hatten sich die Anzeichen des baldigen Erwachens weiter verstärkt. Und richtig: Nach kurzer Zeit schlug Marion die Augen auf. Erst war ihr Blick noch ziellos, dann aber fokussierte er sich auf Renas Gesicht. Ein Krächzen kam aus ihrem Mund, dennoch war der Name Rena verständlich.

Dem Mädchen schossen die Tränen in die Augen. Sie drückte die Hand ihrer Mutter und sagte: „Falls das Sprechen dich zu sehr anstrengt, drück einfach meine Hand." Kurz darauf bewegten sich Marions Finger in Renas Hand und erwiderten den Druck. Die Schwester gab Marion vorsichtig aus der Schnabeltasse zu trinken.

„Wo bin ich?" fragte Marion leise.

„Du bist im Krankenhaus, Mama. Alles wird wieder gut", antwortete Rena.

„Wo ist Doc, ich meine Hans, hat er dich hierher geholt?"

„Nein, Mama, du bist in einem Krankenhaus bei mir in Bochum."

Es trat Stille ein. Nach einer ganzen Weile sagte Marion: „Ich erinnere mich, wir sind mit dem Auto ins Ruhrgebiet gefahren. Was ist mit mir?"

Rena sah Dr. Bernauer hilfesuchend an. „Sie hatten einen Unfall, Frau Berkhof, und wir mussten Sie operieren. Alles ist gut verlaufen, und Sie werden bald wieder ganz gesund sein."

„Was für einen Unfall?" fragte Marion.

„Darüber sollten Sie sich jetzt keine Gedanken machen. Hauptsache ist, dass Sie erst einmal wieder auf die Beine kommen, nicht wahr? Wie fühlen Sie sich?"

„Die Kopfschmerzen sind weniger geworden... und ich habe Hunger."

Dr. Bernauer, Rena und die Schwester lachten. „Das ist ein sehr gutes Zeichen", sagte der Arzt. Sie bekommen gleich etwas Suppe."

Die Schwester richtete den Oberkörper von Marion ein wenig auf und verließ den Raum. Wenig später kam sie mit einer Suppentasse und einem Löffel wieder und fütterte Marion vorsichtig. Danach verstellte sie das Kopfende des Bettes wieder in Schlafposition.

„Sie sollten jetzt noch eine Weile schlafen", sagte sie. „Und heute Abend können Sie bereits feste Nahrung zu sich nehmen."

Rena stand auf und sagte zu ihrer Mutter. „Ich habe heute um 20.00 Uhr eine Vorstellung. Ist es in Ordnung, wenn ich morgen früh wieder zu dir komme?"

„Ja, geh nur, Kind, und toi, toi, toi." Danach schloss Marion die Augen und war wenige Minuten später wieder eingeschlafen.

„Ich bin sehr zufrieden mit dem Zustand Ihrer Mutter" sagte Dr. Bernauer. Sie hat offenbar keine Gedächtnislücken, was ihren Transport hierher betrifft. Das sollte auch Ihnen Hoffnung geben, dass ihr Gehirn wieder perfekt arbeitet." Er reichte Rena die Hand und hielt sie einen Augenblick fest. „Viel Erfolg heute Abend" sagte er, bevor er den Raum verließ.

Rene blieb noch ein wenig am Bett ihrer Mutter sitzen. Sie betrachtete sie und stellte fest, dass sie zwar immer noch sehr mager war, jedoch die Wangen schon wieder ein klein wenig Farbe bekommen hatten.

Sie beugte sich über ihre Mutter und küsste sie vorsichtig auf die Stirn. „Halte durch, Mama, du schaffst das!" murmelte sie, bevor auch sie den Raum verließ.

Als Rena vor der Klinik stand, zückte sie ihr Handy und wählte Kais Nummer....

In der Nähe von Wedel fuhr Kai das Auto von Sina auf den Randstreifen und griff zum Handy. Er achtete darauf, dass die Rufnummernunterdrückung eingeschaltet war. und wählte die Uni-Klinik Bonn an. Er ließ sich mit der Personalverwaltung verbinden und sagte forsch: „Guten Morgen, ich habe hier einen Gepäckanhänger mit einem Schlüssel daran gefunden. Darauf steht Ihre Adresse und ein Name, den ich allerdings nicht ganz entziffern kann. So etwas wie Nelia oder Nelli. Können Sie mir weiterhelfen? Der Besitzer kann u.U. seinen Koffer nicht öffnen, wenn er den Schlüssel nicht hat."

„Wo haben Sie den Schlüssel denn gefunden?" kam die Gegenfrage zurück.

„In Wedel, vor einer Apotheke." Es war still in der Leitung. Kai hörte jedoch im Hintergrund ein Flüstern. Dann erklang die Stimme eines Mannes: „Würden Sie mir bitte sagen, wer Sie sind?"

„Dr. Kilian Schröder, ich bin Psychiater."

„Oh ich verstehe." Die Stimme am anderen Ende hatte den misstrauischen Unterton verloren. „Vermutlich gehört der Schlüssel einer Mitarbeiterin von uns, Cornelia Czernas. Sie ist z.Z. bei ihrer Schwester in Wedel zu Besuch. Ihre Schwester ist Apothekerin. Vielleicht fragen Sie einfach mal in der Apotheke nach. Sollte der Schlüssel ihr nicht gehören, wäre es nett, wenn Sie ihn uns per Post schicken würden."

„Vielen herzlichen Dank" sagte Kai und beendete das Gespräch. Er fuhr das letzte Stück bis zur Apotheke und betrat diese.

„Guten Tag" sagte er. „Eine Frage: Kann ich bei Ihnen Frau Czernas erreichen?"

Die Apothekerin sah ihn mit großen Augen an. „Wer will das wissen?" fragte sie zurück.

„Verzeihung, ich habe mich nicht vorgestellt. Mein Name ist Dr. Kilian Schröder."

„Sind Sie von der Uni Bonn?"

„Nein, aus Hamburg. Ist Frau Czernas denn zu sprechen?"

„Moment". Sie drehte sich um, öffnete eine Tür im Hintergrund und rief: „Nelli, kommst du mal bitte, hier ist jemand für dich?"

„Augenblick, ich muss den Braten eben wenden."

Kundschaft betrat die Apotheke und Kai stellte sich an die Seite, den Blick auf die Tür im Hintergrund gerichtet. Ein paar Minuten später kam eine resolute Frau mit kurzen grauen Haaren in die Apotheke. Sie sah sich um und ging dann auf Kai zu.

„Ich kenne Sie nicht, was wollen Sie von mir? Ich habe nicht viel Zeit, sonst verdirbt mir mein Braten."

Kai stellte sich wieder als Dr. Kilian Schröder vor und sagte: „Ich wollte sie etwas fragen. Können Sie mir sagen, wo ich den Kollegen Werremeier finden kann?"

Cornelias Augen wurden groß. „Hans Werremeier? Dr. Hans Werremeier?" fragte sie zurück.

Kai nickte. „Es ist eine etwas längere Geschichte. Ich will Sie nicht vom Kochen abhalten. Vielleicht komme ich heute Nachmittag noch einmal, falls Ihnen das besser passt."

„Nix da", sagte Cornelia, „ich will jetzt wissen, worum es geht. Kommen Sie mit nach oben, dann kann ich mich um den Braten kümmern, während ich Ihnen zuhöre." Sie zog ihn am Ärmel Richtung Tür und sagte im Vorbeigehen zu Ihrer Schwester: „Wir sind oben."

In der Küche roch es verführerisch nach Sauerbraten. Cornelia schob Kai einen Stuhl hin, wendete sich zum Herd und sagte: „Na, dann schießen Sie mal los", und Kai erzählte die gleiche Geschichte, die er Schwester Lilli auch schon erzählt hatte.

„Albert Schröder'" sagte Cornelia. „Da habe ich nicht assistiert, an den Namen würde ich mich erinnern. Aber in Koblenz habe ich nicht ausschließlich mit Hans gearbeitet, das war erst, seit wir in Bonn waren."

„Nun", sagte Kai „mein Anliegen ist es, Dr. Werremeier zu finden, um den letzten Wunsch meines Bruders erfüllen zu können."

„Da bin ich leider auch überfragt. Er ist nach einer Operation nicht wieder in die Klinik zurückgekommen. Das ist jetzt mehr als 6 Jahre her."

„Haben Sie eine Ahnung, warum er gegangen ist und wo er sich aufhalten könnte?"

Cornelia deckte den Topf zu, nachdem sie den Braten wieder gewendet hatte. „Wo er ist, weiß ich nicht....und warum er so plötzlich gegangen ist....hm, die Operation ist missglückt. Die Patientin ist auf dem Tisch geblieben. Sie war noch jung. Möglicherweise hat ihm das einen Schock versetzt."

Kais Telefon klingelte. Er entschuldigte sich, nahm das Gespräch an und sagte: „Ich bin gerade unterwegs. Ist es dringend oder kann ich später zurückrufen?" Er lauschte einen Augenblick, sagte dann noch einmal: „Ich rufe später zurück, ich freue mich darüber und danke für Ihren Anruf", bevor er das Gespräch beendete. Dann fuhr er zu Cornelia gewandt fort:

„Ich denke, dass dies ja kein Einzelfall war. Zumindest weiß ich von den Kollegen, dass es leider immer wieder vorkommt, dass ein Patient nicht zu retten ist."

„Da haben Sie wohl recht."

Die Tür öffnete sich und die Apothekerin erschien.

„Wie sieht es mit dem Essen aus?" fragte sie.

„In 10 Minuten können wir."

„Dann will ich nicht länger stören" sagte Kai.

„Papperlapapp" entgegnete Cornelia. „Sie bleiben zum Essen hier. Meine Schwester hatte ursprünglich einen Sozialarbeiter aus dem Dorf eingeladen, aber der ist nicht zu Hause. Für uns zwei ist der Braten ohnehin zu groß. Und nach dem Essen reden wir weiter."

Gregor war auf dem Weg zum Vorstand. Seine Laune war unter dem Gefrierpunkt angelangt. Sie hatten ihn in die Zentrale einbestellt! Kein gutes Zeichen. Auf halber Strecke klingelte sein Handy. Er nahm das Gespräch über die Freisprechanlage an. Es war Ralf.

Bevor dieser noch etwas sagen konnte, bellte Gregor ins Telefon:

„Beweg deinen Arsch zurück nach Hamburg, und zwar pronto. Ich habe momentan andere Sorgen als deine Verschwörungstheorien. Der Fall mit dem Typ, der nach dir gefragt hat, ist geklärt."

„Wieso, wer ist das denn?"

„Der Kerl war ein Hehler, der dir ein geklautes Bild andrehen wollte, weil er weiß, dass bei dir nicht nur Kunst gehandelt wird."

„Oh Gott."

„Hör auf zu jammern, ich sagte, der Fall ist geklärt. Der Knabe wird die Füße stillhalten. Ich habe sein Geständnis auf dem Phone."

„Hm, ja……und in der anderen Sache?"

„Ich weiß von keiner anderen Sache, mit der du oder ich zu tun hätten. Also pack deinen Kram und steige in den nächsten Flieger. Melde dich, sobald du da bist. Tschüss."

Gregor beendete das Gespräch und suchte sich vor dem Hauptgebäude, das er zwischenzeitlich erreicht hatte, einen Parkplatz auf dem für den Vorstand reservierten Areal. Er atmete ein paarmal tief durch, dann stieg er aus und ging in der gewohnt lässigen Haltung zum Eingang.

Als er den Besprechungsraum betrat, stellte er fest, dass alle anderen bereits da waren. Sie hatten also schon vor seinem Kommen getagt. Er bereitete sich auf eine Abmahnung vor, ließ sich aber nichts anmerken. Nach der Begrüßung nahm er den ihm zugewiesenen Platz ein und wartete.

Der Hauptgeschäftsführer wandte sich an Gregor: „Wie kommt es, dass Sie eine wichtige Mail von der ersten Hausdame ignorieren, und zwar drei Tage lang? Haben Sie dafür eine Erklärung?"

Gregor war auf diese Frage vorbereitet. „Es tut mir unendlich leid, ich hatte in den letzten Tagen gesundheitliche Probleme, die allerdings jetzt gelöst sind. Es wird nicht wieder vorkommen."

„Gesundheitliche Probleme? Welcher Art?" fragte der Hauptgeschäftsführer.

Gregor zögerte kurz. Dann sagte er: „Es bestand der Verdacht auf Hautkrebs, der hat sich aber Gott sei Dank nicht bestätigt. Vielleicht verstehen Sie, dass ich – solange das Ergebnis nicht vorlag – ein wenig neben mir stand."

Der Vorstand nickte, und der Hauptgeschäftsführer sagte: „Ich darf also davon ausgehen, dass Sie sich künftig wieder Ihren Verpflichtungen in vollem Umfang widmen. Wir sehen heute noch einmal von einer Abmahnung ab, und ich rechne fest damit, dass so etwas nicht wieder vorkommt."

„Da können Sie absolut sicher sein, vielen Dank", antwortete Gregor, obwohl in seinem Kopf sich eine ganz andere Antwort formulierte.

„Dann können Sie jetzt wieder an Ihre Arbeit gehen. Auf Wiedersehen."

Gregor war entlassen und ging zurück zu seinem Wagen. Er brauchte jetzt dringend einen Whisky, hielt es aber für angeraten, diesen im Büro zu trinken und nicht durch weitere Fehlzeiten den Zorn des Vorstandes zu erregen. Aber mit Moira oder der Lundgard würde er noch ein Wörtchen zu reden haben. Eine von beiden musste dem Vorstand gesteckt haben, dass er die Mail nicht gelesen hatte. Und dann war da noch Ralf. In der Hektik hatte er nicht einmal gefragt, von wo aus er angerufen hatte. Na, das würde er erfahren, sobald Ralf wieder in seiner Galerie eintraf. Er wählte Bernies Nummer.

„Ralf wird in absehbarer Zeit hier wieder aufschlagen. Er hat sich heute telefonisch gemeldet und ich habe ihm schleunigste Rückkehr angeraten."

„Dein Wort in Gottes Ohr", antwortete Bernie. „Treffen wir uns heute Abend? Übliche Zeit, üblicher Ort?"

„Darauf kannst du Gift nehmen."

Er unterbrach die Verbindung.

Als er das Hotelfoyer betrat, sah er Moira im Gespräch mit Gästen. Also erst die Lundgard. Er ließ sie in sein Büro kommen und blaffte sie an:

„Haben Sie nichts anderes zu tun, als mich beim Vorstand anzuschwärzen?"

„Ich habe Sie nicht angeschwärzt", sagte sie mit dem kühlen Blick, den er so hasste. „Wir haben lediglich im Familienkreis über die Angelegenheit gesprochen."

„Das wird ja immer schöner, haben Sie schon einmal etwas von der Verpflichtung gehört, betriebsinterne Dinge keinesfalls im privaten Bereich zu erörtern? So etwas kann leicht zu einer Abmahnung führen."

„Tun Sie, was Sie nicht lassen können" entgegnete sie mit ruhiger fast gelangweilter Stimme.

„Jetzt reicht es!" brüllte er los. „Ihre Unverschämtheit wird Ihnen noch leidtun, und jetzt raus!"

Sie drehte sich um und verließ das Büro ohne Eile.

Gregor kochte innerlich. Er schüttete sich einen doppelten Whisky ein und rief Moira an.

„Komm mal rauf, sobald du deine Gäste abgefertigt hast" sagte er. „Lass dich von einem Azubi so lange vertreten."

Das Glas war bereits leer, als Moira in seinem Büro erschien.

„Dienstlich oder privat?" fragte sie, nachdem sie die Tür geschlossen hatte.

Gregor sah von seinem PC auf. „Hör mal, Süße", sagte er „was weißt du von der Lundgard?"

„So gut wie nichts, was nicht in der Personalakte steht."

„Ich meine nicht Alter, Adresse, Qualifikation etc. Wieso tut die so, als sei sie unkündbar und wäre auf den Job hier nicht angewiesen? Hat die Kohle oder nen reichen Liebhaber?"

„Ach, das meinst du. Sie ist die Stieftochter von einem der Vorstände, wusstest du das nicht?"

„Heiliger Strohsack, warum hat mir das niemand gesagt? Warum steht das nirgendwo?"

„Sie wollte es so. Sie hat sich von ganz unten hochgedient, um das Geschäft von Grund auf zu erlernen. Irgendwann wird sie dann wohl ein eigenes Haus übernehmen, könnte ich mir denken."

„Danke, Moira, das Gespräch bleibt unter uns, verstanden? Du kannst wieder zu deinen Gästen zurückgehen." Und als sie schon an der Tür war, fügte er noch schnell hinzu: „Ich ruf dich an, sobald ich mich einen Abend frei machen kann, ok?"

Sie nickte und schloss die Tür von der anderen Seite.

Als Gregor wieder allein war, schlug er mit der Faust auf den Tisch. In letzter Zeit lief aber auch wirklich alles verkehrt herum. Sollte er noch einmal mit der Lundgard reden? Nein, besser nicht. Aber irgendwie musste er die Situation wieder ins Reine bringen. Diese Frau würde sicher ihrem Stiefvater von dem heutigen Gespräch erzählen, und das konnte er sich beim besten Willen nicht leisten. Also doch noch einmal mit ihr reden.

Er rief sie an und entschuldigte sich für sein Verhalten. Dann ließ er die „gesundheitlichen Probleme" einfließen und endete mit dem Hinweis, dass sie großartige Arbeit leiste und er hoffe, dass sie weiterhin gedeihlich und vertrauensvoll miteinander arbeiten könnten. Er werde sich bemühen, keine weitere Missstimmung aufkommen zu lassen.

Nachdem er das Gespräch geendet hatte, widerstand er der Versuchung, sich einen weiteren Whisky zu genehmigen. Dazu war heute Abend noch Zeit. Stattdessen las er seine Mails und befasste sich mit der Abrechnung, wie man es von ihm erwarten durfte.

Marions Gesundheitszustand machte gute Fortschritte. Dr. Bernauer hatte Rena gebeten, ihrer Mutter Bilder aus der Zeit vor dem „Unfall" zu zeigen, und Rena brachte Urlaubsfotos und Fotos aus ihrer Kinderzeit mit ins Krankenhaus. Sie war glücklich darüber zu sehen, wie ihre Mutter nach Betrachten der Bilder diese den einzelnen Begebenheiten zuordnen konnte. Marion fragte, ob Rena etwas von ihrer, Marions, Schwester gehört habe, und erkundigte sich nach Renas Studium. Sie erzählte von dem kleinen Laden, in dem sie nach ihrer Entlassung aus dem Krankenhaus für und mit Rena ein Geburtstagsgeschenk erstehen wollte, und machte den Eindruck, sich wieder an alle Details ihres Lebens erinnern zu können.

Auf Wunsch des Arztes fragte Rena jedoch nie nach den Umständen ihrer Verletzung und Marion erwähnte diese auch mit keinem Wort. Allerdings drängte sie darauf, mit Hans in Verbindung zu treten. Rena versprach Kai anzurufen und sich zu erkundigen, wie sie ihn erreichen könne.

Marions rasierter Schädel bedeckte sich wieder mit einem Flaum, der ihre ursprüngliche dunkle Haarfarbe besaß, auch nahm sie an Gewicht zu. Als sie das erste Mal am Arm einer Schwester aufstehen durfte und mit unsicheren Schritten über den Gang lief, kam ihr Dr. Bernauer entgegen.

„Ich freue mich über die Fortschritte, die Sie machen, Frau Berkhof" sagte er. „Wenn nichts Unvorhergesehenes dazwischen kommt, können

Sie in spätestens zwei Wochen wieder nach Hause und sich in die Behandlung ihres Arztes begeben."

Marion war über diese Nachricht so glücklich, dass sie den Weg zurück in ihr Zimmer bereits ohne die stützende Hand der Schwester zurücklegte.

Als Rena sie am Nachmittag besuchte, erzählte sie ihr die Neuigkeit, und Rena versprach, sich wegen der Wohnung - die sie ja an die Firma, in der ihre Mutter beschäftigt war, untervermietet hatte - mit Kai in Verbindung zu setzen.

n der zweiten Nacht im „Haus Angelika" erwachte Elisabeth weit nach Mitternacht und stand auf. Sie begann sich anzuziehen, als Doc, von den Geräuschen geweckt, ihr Zimmer betrat.

„Wer sind Sie?" fragte sie ihn. „Ich kenne Sie nicht. Gehen Sie aus meinem Zimmer!"

„Aber Elisabeth, ich bin es doch, Klaus, erkennst du mich nicht?"

„Sie sind nicht mein Sohn. Gehen Sie oder ich schreie um Hilfe." Doc ging zurück in sein Zimmer, ließ die Tür aber angelehnt. Elisabeth zog sich weiter an. Dann sah sie sich ratlos um und schluchzte: „Ich will nach Hause! Das ist nicht mein Haus!" Sie ging zur Tür, die Doc in weiser Voraussicht abgeschlossen hatte, und begann an der Klinke zu rütteln.

Doc trat zu ihr und sagte sanft: „Es ist schon nach Mitternacht, Elisabeth. Wir können erst nach Hause, wenn es wieder hell ist. Und sei bitte leise, die anderen Gäste möchten sicher schlafen."

„Welche anderen Gäste" fragte Elisabeth verwirrt.

„Wir sind an der Nordsee in einer Pension. Erinnerst du dich? Wir sind vor zwei Tagen hier angekommen, damit du dich ein wenig erholen kannst. Die Seeluft tut dir gut und das Essen schmeckt dir doch auch, nicht wahr?" „Ich will Kuchen." „Da werden wir bis zum Frühstück warten müssen. Schlaf doch noch ein wenig. Wenn du dann aufwachst, gehen wir hinunter und ich besorge dir Kuchen." „Ich habe aber Hunger, es hat heute nichts zum Abendessen gegeben." Hans schwieg. Sie hatte gut und reichlich zu Abend gegessen. Er wusste, dass dies ein typisches Zeichen ihres Krankheitsbildes war, sich nicht an das genossene Essen erinnern zu können. Er ging in sein Zimmer und suchte die Kekse, die er für die Fahrt gekauft hatte. Als er mit der angebrochenen Packung zurück zu Elisabeth kam, lag sie wieder – vollständig bekleidet - auf ihrem Bett. Er reichte ihr einen Keks. Sie sah ihn mit verschleierten Augen an und schüttelte den Kopf.

„Möchtest du den Keks nicht essen, Elisabeth?" fragte er freundlich. Sie antwortete: „Ich bin müde, Klaus, mach das Licht aus, und lass mich schlafen."

Doc deckte sie mit einer leichten Decke zu, strich ihr über das Haar und ging zurück in sein Zimmer. In Gedanken versunken knabberte er an dem Keks herum. Er war jetzt hellwach. Leise öffnete er die Balkontür. Man konnte die Wellen hören, die am Strand ausliefen, und er lauschte eine Weile. Dann zog er seinen Anorak über die Schlafanzugjacke und setzte sich auf einen Stuhl. Er dachte nach. Der Zeitpunkt, Elisabeth in einer Einrichtung unterzubringen, war gekommen. Das musste als erstes erledigt werden. Danach würde er zu Marion fahren und ihr – sofern sie soweit hergestellt war, dass sie seinen Worten folgen konnte – sein Leben beichten. Er wollte und musste sich bei ihr bedanken. Sie hatte ihn durch ihr

Auftauchen gerettet. Ohne sie wäre er dort gelandet, wo Otto heute schon war. Ein Mensch, der keinen Ehrgeiz und kein Ziel mehr hatte, und dessen bester Freund die Flasche war.

Und danach kam der schwierigste Teil. Er würde nach Bonn fahren und sich der Verantwortung stellen. Was danach kam, wusste er nicht. Aber er würde jede Strafe akzeptieren. Plötzlich überkam ihn eine große Scham. Wie hatte er nur damals davonlaufen können? Wie konnte er nur seine Freunde und Kollegen so enttäuschen? Er atmete tief die kühle Nachtluft ein. Jetzt, da der Plan in seinem Kopf gereift war, er ein Ziel vor Augen hatte, ging es ihm mit einem Mal besser.

Am nächsten Morgen war Elisabeth wieder apathisch wie immer. Sie ließ sich von Hans zum Frühstücksraum bringen und aß, was er ihr in kleinen Stücken reichte. Auch die Scheibe Kuchen, die er für sie erbeten hatte, aß sie ohne besondere Beachtung.

Später, auf der Promenade bei ihrem täglichen Spaziergang, fragte sie unvermittelt: „In welche Klasse kommst du, wenn die Ferien zu Ende sind?" Und er antwortete: „In die letzte, Mama." Danach versank sie wieder in Schweigen, das sie auch in den nächsten beiden Tagen nicht brach.

Am Abend vor ihrer Abreise, als sie bereits im Bett lag und er ihre Tasche packte, sagte sie mit verlöschender Stimme: „Schade, dass Papa nicht mitgekommen ist." Danach schwieg sie und sprach nie wieder ein einziges Wort.

Der Sauerbraten den Nelli Czernas zubereitet hatte, war ein Gedicht. Sie und ihre Schwester plauderten während des Essens mit Kai über dies und das und ließen viel von ihrem rheinischen Humor erkennen. Kai half mit beim Abräumen und stellte die Kaffeetassen auf den Tisch, da die Apothekerin noch einen Kaffee trinken wollte, bevor sie wieder ins Geschäft hinunter musste. Kaum hatte sich die Wohnungstür hinter ihr geschlossen, fragte Kai noch einmal nach dem Vorfall in der Klinik. Das Thema Hans Werremeier hatte Nelli während des Essens nicht berührt.

Jetzt lehnte sie sich in ihrem Stuhl zurück und sagte: „Es war damals eine merkwürdige Geschichte. Aber ich fange am besten von vorne an. Hans und ich haben uns in der Klinik in Koblenz kennengelernt, und gelegentlich war ich in seinem OP-Team. Ich muss gestehen, dass ich nicht nur sein chirurgisches Geschick bewunderte, sondern auch ein wenig in ihn verliebt war. Allerdings habe ich ihm das nie gesagt, und er hat mich auch immer respektvoll und wie eine Kollegin behandelt. Als er nach Bonn ging, bot er an, mich mitzunehmen. Ich sagte zu, und wir arbeiteten von da an ständig zusammen.

An jenem Abend hatte ich keinen Dienst, denn auch er war nicht zur OP eingeteilt. Der Diensthabende hatte aber einen Autounfall, so dass Hans kurzfristig einspringen musste. Er sollte eine Aorten-Operation durchführen, die er schon zig-mal gemacht hatte, und der er seine Reputation verdankte. Leider war die Patientin, die als Notfall eingeliefert worden war, nicht so durchuntersucht worden, wie wir es aus unserem eigenen Haus gewöhnt waren. Es kam während der Operation an einer anderen höher liegenden Stelle zu einer oder mehreren Rupturen, und die Blutung war nicht mehr zu stillen. Wie sich später in der Pathologie herausstellte, war die Aortenwand an mehreren Stellen so dünn, dass sie aufbrach. Kein Mensch hätte die Patientin retten können, auch Hans konnte es nicht.

Er verließ den OP wie in Panik, sagten die Kollegen. Wir dachten, dass er geschockt sei, eine so junge Patientin verloren zu haben, und wunderten uns nur, dass er am nächsten Morgen nicht zum Dienst erschien. Erst Tage später haben wir erfahren, dass er fristlos gekündigt hat, auch seine Wohnung, und gegangen ist, ohne sich von irgendjemand zu verabschieden. Bis heute habe ich nichts mehr von ihm gehört. Ich hoffe nur, er hat sich nicht das Leben genommen."

Sie wischte sich über die Augen, fuhr dann munterer fort: „Wenn Sie ihn also finden sollten, und ihm den Brief ihres Bruders geben, sagen sie ihm, dass ich gern ein Kölsch mit ihm trinken würde."

Kai sah sie verschmitzt an. „Immer noch ein bisschen verliebt?" fragte er. „Ach, was, das ist lange vorbei. Aber einem so begnadeten Chirurgen wie ihm bin ich einfach nicht mehr begegnet.

Auch menschlich war er absolut integer. Jemand, den man gerne zum Chef oder zum Freund hat, wenn sie verstehen, was ich meine."

„Glauben Sie an Wunder?" fragte Kai. „Ne, wieso?" fragte Nelli zurück. „Manchmal gibt es sie" sagte Kai und kniff ein Auge zu. Dann fasste er die Hand von Nelli und drückte sie fest. „Es war eines der interessantesten und leckersten Mittagessen, die ich je hatte. Haben Sie ganz herzlichen Dank."

„Ich bring sie runter", sagte Nelli. Auch von ihrer Schwester verabschiedete sich Kai, bevor er pfeifend zu seinem, pardon, Sinas Wagen ging und Richtung Hamburg davonfuhr.

Doc zog Elisabeth an und machte sie reisefertig. Er setzte sie in den Rollstuhl und fuhr sie hinunter in den Frühstücksraum. Dann lief er schnell zurück in ihre Zimmer, nahm ihre und seine Tasche auf und brachte sie zur Rezeption. Als er den Frühstücksraum betrat, saß Elisabeth noch so, wie er sie hingebracht hatte, in ihrem Stuhl. Sie reagierte auch nicht, als er sie fragte, ob sie ein Stück Kuchen wolle. Er bestellte bei der Kellnerin Kaffee und bestrich eine Scheibe Toast, schnitt sie in kleine Stücke und fütterte Elisabeth damit, die zwar folgsam den Mund öffnete, aber ansonsten keinerlei Anteilnahme an ihm oder ihrer Umgebung zeigte.

Nachdem beide zu Ende gefrühstückt hatten, fuhr er mit ihr zur Rezeption. Wie groß aber war sein Erstaunen, als er dort Kai antraf, der ihm mitteilte, er würde sie zurück nach Wedel bringen. Die Rechnung hatte er bereits beglichen.

Doc sagte: „Was Sie für mich und Elisabeth getan haben und tun, kann ich niemals wieder gut machen. Es ist mir – um ehrlich zu sein – ungeheuer peinlich."

Kai grinste. „Sie können mir die Kosten von Ihrem ersten Gehalt ja zurückerstatten."

Doc sah ihn stirnrunzelnd an. „Dazu müsste ich erst einmal eine Arbeit finden, bei der ich Geld verdienen kann."

„Kommen Sie, steigen Sie ein, Sie haben heute einen langen und harten Tag vor sich." Wieder das Grinsen auf Kais Gesicht.

„Wie darf ich das verstehen?"

„Lassen Sie uns Elisabeth in das Auto bringen. Ich erkläre Ihnen alles auf der Rückfahrt."

Nachdem Elisabeth festgeschnallt auf dem Rücksitz saß und Doc den Rollstuhl zurück zur Pension gebracht hatten, fuhren sie los.

Nach kurzem Schweigen sagte Kai: „Ich habe ein Haus für Ihren Schützling gefunden. Eine geriatrische Klinik mit Pflegeheim und Hospizeinrichtung. Die Leitung hat ein ehemaliger Studienkollege von mir. Da Elisabeth vermutlich nicht über die nötigen Mittel verfügt, werden sich der Sozialdienst und eine Anwaltskanzlei mit angeschlossenem Notariat darum kümmern, den Verkauf des Hauses und die finanziellen Angelegenheiten zu regeln. Angehörige scheint es ja nicht zu geben. Als Kontaktadresse habe ich Ihren Namen angegeben: Dr. Hans Werremeier, der die bisherige Betreuung ehrenamtlich übernommen hatte. Ich hoffe, das war und ist in Ihrem Sinne. Sie müssten nur noch ihre endgültige Adresse mitteilen. Ihre Telefon-Nummer habe ich bereits hinterlegt."

Doc sah Kai von der Seite an. Die verschiedenen Stimmungen wechselten sich in seinem Gesicht ab. Erst nach einer ganzen Weile sagte er: „Ich bin Ihnen zutiefst dankbar, dass Sie für Elisabeth einen Platz gefunden haben. Sie ist vor wenigen Tagen in ein neues Stadium getreten. Sie spricht und reagiert nicht mehr. Von daher wäre ich mit ihrer Pflege auf Dauer überfordert. Andererseits haben Sie mich damit in eine neue Verpflichtung gedrängt, von der ich nicht weiß, wie ich sie erfüllen soll, denn noch ist ja völlig ungewiss, wohin mein Weg mich führt, jetzt, da ich keine Bleibe mehr habe".

„Da ist noch etwas" sagte Kai. „Marion möchte Sie gerne wiedersehen. Sie hat mehrfach nach Ihnen gefragt, wie ich von ihrer Tochter erfahren habe. Sie wird in ca. zwei Wochen entlassen, also brauchen Sie nicht extra nach Bochum zu fahren. Sie können sie in ihrer Wohnung in Hamburg besuchen."

„Sie hat eine Wohnung in Hamburg?"

„Ja. Aber das ist noch nicht alles. Sobald wir Elisabeth sicher zu Haus abgeliefert haben, begeben Sie sich bitte zur Apotheke. Dort ist jemand, der sich mehr als alles andere wünscht, Sie wiederzusehen. Eine gewisse Schwester Nelli Czernas."

Doc fuhr auf seinem Sitz zusammen. „Sind Sie wahnsinnig? Gerade dieser Frau wollte ich nicht begegnen."

„Ich weiß. Und es wäre ratsam, wenn Sie ihr gegenüber nicht erwähnen würden, dass Sie glaubten, am Tod der Patientin die Schuld zu tragen weil sie getrunken hatten." In kurzen Worten schilderte Kai das Gespräch mit Nelli und endete mit dem Satz: „Das pathologische Ergebnis spricht Sie ausdrücklich von jeder Schuld frei. Man nimmt im Allgemeinen an, dass Sie durch die Hilflosigkeit, mit ansehen zu müssen, wie eine junge Patientin verblutet ist, Ihre Kündigung ausgesprochen haben. Etwas, was ganz offensichtlich von allen sehr bedauert worden ist, am meisten aber von Schwester Nelli, die morgen wieder nach Bonn zurückfährt."

Es folgte ein langes Schweigen. Wenige Kilometer vor Wedel sagte Hans, der tapfer die Tränen wegblinzelte: „Ich weiß wirklich nicht, was ich sagen soll."

„Nun, da Ihre Reputation nicht gelitten hat, Sie zudem nun auch noch Auslandserfahrung mitbringen, dürfte einer Anstellung als Arzt nichts im Wege stehen. Die Fehlzeiten, seit Ihrer Ankunft in Hamburg, kann man als „Auszeit" deklarieren, nach den tragischen Ereignissen in Liberia. Und über die letzten knapp zwei Jahre würde ich an Ihre Stelle Stillschweigen bewahren."

Erst als sie vor Elisabeths Haus standen, fragte Doc: „Wann kann Elisabeth in die Einrichtung?"

„Ich denke im Laufe der nächsten Woche. Sie bekommen gleich von mir alle notwendigen Adressen und Telefon-Nummern, damit Sie handlungsfähig sind. Ach, und noch etwas, erwähnen Sie mich bitte nicht gegenüber Schwester Nelli. Ich habe mich unter Vorspiegelung falscher Tatsachen in ihr Vertrauen geschlichen. Fragen Sie einfach, wenn Sie in die Apotheke gehen, ob der Besuch aus dem Rheinland noch da ist. Danach können Sie ja berichten, dass Sie sich und Elisabeth ein paar Tage Urlaub an der See gegönnt haben, weswegen Sie am Sauerbratenessen – das übrigens fantastisch gut war – nicht teilgenommen haben. Ich muss jetzt wieder zurück in mein Büro. Wir hören voneinander."

Die Männer schüttelten sich die Hände und Kai sprang, bevor Hans noch etwas sagen konnte, ins Auto und fuhr los.

Kai saß in Ennos Büro. „Wie viel Urlaub habe ich noch?" hatte er gefragt. „Genug" war die Antwort gewesen. Enno hatte im PC nachgesehen und fügte hinzu: „Deine Überstunden sind komplett abgebaut und zwei Tage Urlaub sind weg. Das ist alles." Kai nickte. „Ist dir klar, dass – wenn Marion Berkhof wieder gesund ist und ihre Arbeit aufnimmt – ihr sie für die Zeit ihrer Abwesenheit bezahlen müsst? Ihr könnt später die Kosten dem Verursacher ihres Unfalls in Rechnung stellen, sofern der jemals geschnappt wird."

„Schon geklärt" sagte Enno. „Ihre Wohnung ist auch wieder frei und grundgereinigt. Und überdies freue ich mich wirklich, dass es ihr wieder besser geht. Sie ist eine nette Frau und eine gute Kraft. Ihre Vertretung wird auch hocherfreut sein, die hat nämlich nicht halb so gut und schnell gearbeitet wie die Berkhof. Apropos Vertretung. Weißt du nicht jemand, der für 9 Monate oder auch ein Jahr unsere Frau Dr. Blickert vertreten kann, wenn sie in den Mutterschaftsurlaub geht?" Enno hatte diese Frage eher rhetorisch gestellt und mit keiner positiven Antwort gerechnet. Als er Kai nicken sah, stutzte er kurz und fragte dann: „Kennst du wirklich jemand?"

„Ja, einen hochqualifizierten Chirurgen, der allerdings einige Zeit im Ausland war und jetzt langsam in der Heimat wieder Fuß fassen möchte."

„Und der würde sich auf eine befristete Anstellung einlassen?"

„ Da bin ich mir fast sicher. Mach einen Vorstellungstermin aus, dann sehen wir weiter."

„Mensch, du bist ein Tausendsassa. Willst du nicht lieber Geschäftsführer werden?" lachte Enno.

„Ne, lass mal gut sein. Ich bin in meinem Beruf ganz zufrieden" gab Kai zurück.

Enno befragte wieder seinen PC. „Vorstellungstermin nächsten Mittwoch, 11.00 Uhr, Arbeitsaufnahme wäre in 4 bis 6 Wochen, damit Dr. Blickert ihn noch einarbeiten kann."

„Ok. Ich gebe es weiter. Der Mann heißt Dr. Hans Werremeier."

Enno füllte zwei Tassen mit Kaffee und gab eine davon Kai. „Wie geht es jetzt mit der Berkhof weiter?"

„Sobald sie gesundgeschrieben ist, erfolgt die Wiedereingliederung. Sollte sie psychologische Hilfe benötigen, habt ihr mich ja. Mehr weiß ich momentan auch nicht."

„Und sie hat keine Erinnerung an den Unfall?"

„Bisher nicht.....Ich rufe jetzt Dr. Werremeier an und teile ihm den Vorstellungstermin mit. Danach kümmere ich mich um meine Arbeit." Kai trank seinen Kaffee aus und verließ das Büro. Im Hinausgehen sagte er noch: „Es gibt eben keine Zufälle", aber das hörte Enno schon nicht mehr, er hatte sich wieder in seinen PC vertieft.

Hans Werremeier war vor Staunen sprachlos, als Kai ihn anrief und die Neuigkeiten mitteilte. Kai fuhr fort: „Da Sie, falls Sie den Vertrag bekommen, noch genügend Zeit haben, sich hier in Hamburg ein Zimmer zu suchen, sollte aus organisatorischer Sicht alles geklärt sein. Elisabeth ist bis dahin untergebracht, und Marion ist dann auch wieder zu Hause. Sie können also mit gutem Gewissen Ihren Aktionsradius nach Hamburg verlegen." Bevor Hans noch zu einer Antwort fähig war, verabschiedete sich Kai mit den Worten: „Ich sehe Sie dann am Mittwoch! Bei dem Einstellungsgespräch werde ich auch anwesend sein."

Zufrieden grinsend legte er auf. Dann wählte er Renas Nummer und teilte ihr mit, dass Marions Wohnung für ihre Rückkehr bereit sei. Ein letzter Anruf ging an Jan. „Wir haben Grund zu feiern'" sagte er. „Ich bestelle uns aus dem Nobelrestaurant am Michel was Feines und dazu trinken wir einen 59er aus unserem Keller. Also sieh zu, dass du pünktlich zu Hause bist."

„Mach ich, soll ich das Essen gleich mitbringen? Bestellst du für 19.00 Uhr?"

„Prima".

Als sie sich einige Stunden später durch das exorbitant gute Menu gekämpft hatten, sagte Jan: „Ich freue mich ehrlich für dich, dass du so erfolgreich warst, allerdings ist meine Freude getrübt durch die Tatsache, dass ich in Bezug auf Marion Berkhofs Unfall immer noch auf der Stelle trete. Ich wünschte, ich bekäme endlich Klarheit, was mit ihr und Lisa Neumann geschehen ist."

„Eines nach dem anderen" lächelte Kai ihn an. „Sobald Marion körperlich wieder fit ist, werde ich einen Weg finden, ihr Gedächtnis zu aktivieren. Bis dahin musst du dich allerdings noch gedulden. Leidest du denn an Arbeitsmangel?"

„Absolut nicht, aber ich hinterlasse nicht gerne lose Ende. Ich möchte diesen Fall klären."

„Wirst du, mein Guter, wirst du" antwortete Kai. Danach widmeten sie sich dem Wein und den privaten Dingen.

Ralf hatte seine Beschäftigung in der Galerie wieder aufgenommen und Andrea in Urlaub geschickt, erstens, weil sie in den letzten Wochen die ganze Arbeit alleine erledigt hatte, und zweitens, weil er dann unbeobachtet seiner Sucht frönen konnte. Er kokste mehr als vorher, und trotz seiner Urlaubsbräune sah er kränklich aus. Auch hatte er an Gewicht verloren.

Gregor und Bernie hatte er berichtet, dass er eine Last-minute-Reise nach Gran Canaria bekommen und sich dort sehr wohlgefühlt hatte. Tolle Bräute, gutes Essen, reichlich Drinks und auf diskretes Nachfragen hatte er auch eine Quelle für Stoff ausfindig gemacht.

Gregor konnte es sich nicht verkneifen zu bemerken, dass man das deutlich sehen könne, und er seine Nasenschleimhäute besser pflegen müsse, damit der Drogenmissbrauch nicht direkt ins Auge falle.

„Mann, du bist aber auch ne Spaßbremse" sagte Ralf. „Ich war fertig mit den Nerven, da brauchte ich eben ein wenig Beruhigung."

„Wenn du auffällst, haben auch wir ein Problem, mein Lieber" antwortete Gregor. „Zumindest hier in unserem Viertel weiß doch jeder, dass wir oft genug zusammen abhängen oder Chicks jagen. Und in bestimmten Kreisen weiß man auch, dass man in deiner Galerie nicht nur Bilder bekommt. Also reiß dich am Riemen."

Ralf sagte nichts, hob nur mit beleidigtem Gesicht sein Glas in Richtung Theke. „Mach nochmal voll" rief er der Barfrau zu, die kurze Zeit später mit drei neuen Gläsern an den Tisch kam. Sie wandte sich an Ralf. „Hast du dich wenigstens bei deiner Freundin zurückgemeldet? Die hat vor einiger Zeit nach dir gefragt, weil sie dich angeblich nirgendwo erreichen konnte."

Ralf sprang so schnell auf, dass die Gläser auf dem Tisch klirrten. „Ich habe keine Freundin, und du kümmerst dich besser um deinen eigenen Kram" fauchte er die Barfrau an. Dann stürmte er ins Freie.

Gregor wandte sich der Frau zu: „Weißt du, welche Freundin nach ihm gefragt hat?" „Na die, aus der Galerie, Andrea heißt sie, glaube ich."

Gregor nickte. „Das ist nicht seine Freundin, das ist seine Teilhaberin" erklärte er.

„Und warum gibt der hier den Affen? Nur weil ich ihm unterstellt habe, dass es seine Freundin ist?"

„Mach dir nichts draus. Er ist momentan nicht gut drauf. Nimm es ihm nicht krumm." Gregor legte einen Schein auf das Tablett der Barfrau. „Als Wiedergutmachung" lächelte er und wandte sich, nachdem die Frau wieder hinter die Theke verschwunden war, an Bernie. „Mach ihm unmissverständlich klar, dass es so nicht weitergeht" sagte er. „Wenn nötig, prügle ihm ein bisschen Verstand in die Birne."

„Wird erledigt", sagte Bernie. „Darauf warte ich schon die ganze Zeit." Sie blieben bis zum Ende des Strip-Programmes, tranken noch ein paar

Gläschen und begaben sich weit nach Mitternacht
nach Hause.

Es war ein regnerischer Samstagmorgen. Die Straßen glänzten nass, und Wasserfontänen spritzten auf, wenn ein Auto durch eine der zahlreichen Pfützen fuhr. Kai und Jan waren auf dem Weg zu Marion, die vor einigen Tagen von ihrer Tochter Rena nach Hause gebracht worden war. Kai hatte seinen Besuch angekündigt, jedoch verschwiegen, dass Jan ihn begleiten würde. Dieser wollte endlich wissen, wie es zu Marions Unfall gekommen war. Kai und er hatten darüber einige Zeit diskutiert, und Jan hatte versprochen, keine weiteren Fragen zu stellen, wenn Kai ihm ein Zeichen geben würde.

Als sie Marions Wohnung betraten, sahen sie mit Erstaunen, dass auch Hans Werremeier anwesend war.

„Wie schön, Sie hier anzutreffen" sagte Kai. „Haben Sie schon Bescheid bekommen, wegen der Anstellung?"

Das Vorstellungsgespräch hatte vor mehr als einer Woche stattgefunden. Außer Hans waren noch drei weitere Bewerber eingeladen gewesen. Zwei davon hatten bisher keinerlei Erfahrung sammeln können, da sie gerade erst ihre Approbation erhalten hatten. Die dritte Bewerberin war Anfang Sechzig und hatte bisher als Kurärztin gearbeitet. Enno hatte Kai am nächsten Tag mitgeteilt, dass Hans Werremeier der mit Abstand beste Kandidat gewesen sei und die Vertretung für Frau Dr. Blickert übernehmen könne.

Doc strahlte. „Ja, habe ich und ich kann mich nur wiederholen: Was Sie für mich getan haben, kann ich nie wieder gutmachen."

Kai winkte ab. „Haben Sie eine Wohnung gefunden?"

Doc lächelte. „Als Elisabeth abgeholt wurde, habe ich meine Sachen gepackt und bin zu einer kleinen Pension gefahren, die ich noch aus der Zeit nach meiner Ankunft in Hamburg kannte. Nicht besonders schön, aber preiswert. Nun hat mir aber Marion angeboten, bei ihr zu wohnen, bis ich etwas Passenderes gefunden habe und bis sie wieder ganz gesund ist. Ich habe vorerst dieses Angebot dankend angenommen."

Marion hatte sich zwischenzeitlich von der Couch, auf der sie gelegen hatte, erhoben, hatte sich ein wenig frisch gemacht und eine knallbunte Mütze auf ihren nur mit Flaum bedeckten Schädel platziert. Doc hatte während des Gesprächs Kaffeetassen und ein paar Kekse auf den Tisch gestellt. Nun begrüßten Kai und Jan Marion und fragten nach ihrem Befinden.

„Anfang übernächster Woche fange ich mit der Eingliederung an" sagte sie. „Mein Hausarzt meint, die Arbeit würde mir guttun. Ich müsse langsam wieder in mein altes Leben zurückfinden."

„Können Sie sich denn nun an den Unfall oder an irgendwelche Einzelheiten erinnern?"

Sie schüttelte bedächtig den Kopf.

Kai sagte: „Lassen Sie uns etwas versuchen. Legen Sie sich wieder auf die Couch, ja, so ganz entspannt. Nun schließen Sie die Augen. Ich erzähle Ihnen langsam ein paar Dinge, und Sie versuchen, sich die bildlich vorzustellen. In Ordnung?"

Marion nickte und Kai begann: „Es ist ein strahlender Sommertag. Sie verlassen das Haus in hochhackigen Sandalen, tragen ein Kleid, das die Farben von Pfauenfedern hat und Ihre Lieblingshandtasche." Er sprach langsam und beobachtete die Reaktionen auf Marions Gesicht. „Sie steigen in die U-Bahn. Wohin fahren Sie?" Ein Kopfschütteln ist die Antwort.

„Ok. Wir ändern das Szenario. Sind Sie bereit?" Ein leises „Ja" ist die Antwort. „Sie steigen in ein Auto." Diesmal ein Nicken. „Ist es ein Taxi?" Kopfschütteln nach einigen Augenblicken. „Wer sitzt in dem Wagen?" „Nein". Der Schrei von Marion erfüllt den Raum. Kai beugt sich über sie und drückt ihre Hand. „Haben Sie keine Angst. Ich formuliere die Frage anders. In Ordnung?" Ein zögerliches Nicken. „Wo steigen Sie aus?" Es dauert eine ganze Weile bis Marion undeutlich sagt „Hafen". „Ist es der Überseehafen?" „Nein, ein Jachthafen". Kai hält weiterhin ihre Hand. „Sehen Sie sich um, was sehen Sie?" „Da sind viele Schiffe". „Sehen Sie auch einen Namen?" Wieder tritt eine lange Pause ein. Dann sagt Marion nur ein Wort: „Seagull". Mittlerweile ist ihre Hand genauso feucht wie ihr Gesicht.

Kai wendete sich an Jan und sagte: „Mehr geht heute nicht" und Jan nickte zustimmend.

Langsam richtete sich Marion von der Couch auf. Kai reichte ihr den Kaffee. „Trinken Sie ein wenig" sagt er. „Das war schon sehr gut. Und versuchen Sie, an etwas anderes zu denken, z.B. was Hans heute zum Mittagessen kochen wird."

Sie lächelte ein wenig verzerrt. „Ich möchte Ihnen und damit mir ja so gerne helfen, aber es ist alles verschwommen...."

„Kein Problem" sagte Kai. „Wir lassen Sie jetzt wieder allein. Hans ist ja da und wird sich um Sie kümmern. Aber in den nächsten Tagen kommen wir noch einmal wieder, wenn es Ihnen Recht ist."

Marion nickte zustimmend und sagte: „Ich danke Ihnen, auch dafür, was Sie für meine Tochter getan haben. Wenn ich wieder voll hergestellt bin, werde ich mich noch richtig bedanken. Momentan habe ich nur Worte des Dankes."

„Das ist nicht nötig" antwortete Kai. „Hauptsache, Sie sind bald wieder in guter Verfassung."

Als Kai und Jan gegangen waren, nahm Hans Marion in den Arm: „Tapferes Mädchen" sagte er und kniff sie leicht in die Wange. „Du wirst sehen, alles wird wieder gut, und du brauchst keine Angst mehr zu haben."

„Wenn du da bist, habe ich keine Angst." Sie drückte ihm einen flüchtigen Kuss auf die Wange und widmete sich wieder ihrem Kaffee.

Auf der Rückfahrt sagte Kai zu Jan. „Möglicherweise kommst du über die „Seagull" weiter. Vielleicht ist es ja das Schiff, auf dem Marion war."

„Auf die Idee bin ich auch schon gekommen, Mr. Schlaumeier....Warum hast du nicht weiter nach Einzelheiten gefragt?"

„Ich habe an ihren Augenbewegungen gesehen, wie erregt sie war. Wir dürfen es nicht übertreiben, wir müssen langsam vorgehen, sonst kommt es u.U. wieder zu einer totalen Blockade."

„Na gut, ich verlass mich auf dich. Setzt du mich im Präsidium ab?"

„Klar, mach ich. Aber was willst du im Büro? Du hast doch nur Bereitschaft."

„Schon wahr, aber ich habe einen Raubüberfall, ein Drogendelikt und einen verschwundenen Mann auf dem Schreibtisch. Da muss ich selbst mit ran. Ich kann nicht alles an mein Team delegieren."

„Okay, aber mach nicht zu lange."

„Werde ich nicht. Bis später."

Jan rief das Hafenamt an und fragte, wie viele Boote oder Schiffe auf den Namen „Seagull" registriert waren. Es waren drei. Jan bat um die Daten der Halter, die er wenig später erhielt. Ein Schiff gehörte einer Import-Export-Firma, eines war in Privatbesitz und das dritte gehörte zu einer Charterfirma. Jan übertrug die Daten auf sein Handy. Damit würde er sich am Montag befassen.

Er sah sich die Vermisstenmeldung noch einmal an. Der Mann war Ende Dreißig, schlank 1,85 m groß und dunkelhaarig. Die Meldung war am Vortag eingegangen, obwohl er schon seit einer Woche nicht mehr in seiner Firma erschienen war. Seine Teilhaberin, die ihn als vermisst gemeldet hatte, erklärte auf die Frage, warum sie jetzt erst zur Polizei gegangen sei, dass er häufig ohne Angabe von Gründen und ohne eine Adresse zu hinterlassen verreise. Allerdings sei er erst wenige Tage vor seinem Verschwinden aus dem Urlaub gekommen und habe auch bei seinen Freunden nicht angedeutet, dass er verreisen wolle. Sie selbst sei zum Zeitpunkt seines Verschwindens in Urlaub gewesen und habe erst nach ihrer Rückkehr festgestellt, dass er schon eine Woche nicht im Unternehmen gewesen sei.

„Komische Sache" murmelte Jan. Da musste erst einmal die finanzielle Seite überprüft werden, vielleicht war der Herr mit dem Betriebsvermögen durchgebrannt. Die Kollegen hatten bereits die

Suchmeldung herausgegeben. Er legte die Akte auf den „Montagsstapel".

Das Drogendelikt konnte er getrost seinem Team überlassen. Die hatten die entsprechenden Kontakte und offensichtlich auch eine heiße Spur, wie er dem Bericht entnahm.

Der Raubüberfall wurde ebenfalls von Kollegen bearbeitet. Eine ältere Dame war nach dem Besuch bei ihrer Bank auf dem Nachhauseweg überfallen und niedergeschlagen worden. Auch hier gab es offensichtlich schon erste Erfolge. Der Täter war mit großer Wahrscheinlichkeit ein Verwandter der Geschädigten.

Jan überlegte, ob er noch im Büro bleiben oder nach Hause fahren sollte, als sein Telefon schellte. Der Diensthabende am anderen Ende der Leitung sagte nur ein Wort: „Leichenfund". Danach folgte die genaue Ortsangabe. Jan seufzte. Also würde aus dem freien Nachmittag nichts werden. Er griff zu seiner Jacke und lief nach unten, wo sein Auto stand.

An dem angegebenen Fundort am Fluss hatte sich bereits neben der Schutzpolizei der ebenfalls verständigte Arzt eingefunden. Jan trat zu ihm und fragte: „Können Sie schon etwas zu Todeszeitpunkt und Ursache sagen?"

„Ich schätze, dass er 8 bis 10 Tage tot ist. Momentan würde ich auf Ertrinken tippen, aber Genaues kann ich Ihnen erst nach der Obduktion sagen."

„Kann ich davon ausgehen, dass er nicht hier zu Tode gekommen ist?"

„Können Sie, er wurde angeschwemmt. Wo er ins Wasser gefallen ist, müssen Sie herausfinden."

Jan trat näher zu dem leblosen Körper. Er stutzte. Das Gesicht hatte er vor kurzem erst auf der Suchmeldung in seinem Büro gesehen. Es war zwar durch den Aufenthalt im Wasser entstellt, aber die Züge waren noch deutlich erkennbar. Er zog sein Handy und scrollte, bis er das Bild gefunden hatte. Er zeigte es dem Arzt. „Stimmen Sie mir zu, dass es sich um diese Person handelt?" Der Arzt nickte stumm, packte seine Tasche und wandte sich zum Gehen. „Montag in der Gerichtsmedizin" sagte er. „Geht es nicht schon heute?" „Lieber Herr Kommissar. Der läuft uns nicht weg, und außerdem scheinen Sie ja zu wissen, um wen es sich handelt. Also gönnen Sie mir mein Wochenende. Wiederschaun."

Jan seufzte und gab den wartenden Bestattern das Zeichen zum Abtransport. Bevor er in sein Auto stieg, rief er Kai an. „Wird wohl doch später als geplant. Leichenfund" sagte er und Kai knurrte: „Na, dann arbeite mal schön. Wenn ich das nächste Mal auf die Welt komme, suche ich mir einen Freund aus dem Finanzamt mit geregelten Dienstzeiten."

„Hauptsache du tust dies erst im nächsten Leben" konterte Jan. Dann beendete er das Gespräch.

In seinem Büro las er noch einmal die Vermiss-tenmeldung durch. Die Überprüfung der Finanzen konnte er erst einmal zurückstellen. Zunächst wür-de er zur Wohnung des Toten fahren, danach zu Andrea Gröning.

Das Haus, in dem der Tote zu Lebzeiten ge-wohnt hatte, war noch nicht alt und besaß zehn Etagen. Als auf sein Klingeln niemand öffnete, drückte er auf den Knopf ganz unten. Dort stand neben dem Namen „Mayer" die Bezeichnung Con-cierge. Hausmeister ist in einem Gebäude wie die-sem wohl nicht angebracht, dachte Jan.

Herr Mayer öffnete, und Jan wies sich aus. Er sagte, er müsse in die Wohnung von Ralf Varga.

„Der ist wieder mal weg", bemerkte Herr Mayer. „Ich habe ihn zumindest eine Woche lang nicht gesehen."

„Können Sie mir bitte mit dem Hauptschlüssel die Tür öffnen?"

„Müssen Sie nicht einen Durchsuchungsbefehl oder so etwas haben?"

„Herr Varga wurde als vermisst gemeldet, und ich möchte sicher sein, dass er nicht leblos in sei-ner Wohnung liegt."

„Na, das hätten wir sicher schon gerochen" antwortete Herr Mayer ungerührt, entschloss sich dann aber, den großen Schlüsselbund vom Haken zu nehmen und mit Jan in die 8. Etage zu fahren. Dort schloss er die Tür auf und wartete.

„Bleiben Sie bitte hier stehen und berühren Sie nichts. Es dauert nicht lange."

Jan inspizierte die Wohnung flüchtig. Ein Schlafzimmer mit einem ungemachten Wasserbett, ein Wohnzimmer mit einer Designer-Couchgarnitur, eine kleine Küche, die offenbar nicht häufig benutzt wurde und ein Balkon, der kahl und ohne Mobiliar auf der Westseite des Hauses lag. Einen letzten Blick warf Jan ins Badezimmer. Alles Weitere war Sache der Spurensicherung.

Er ging zurück und informierte Herrn Mayer, dass in Kürze die Spurensicherung mit der entsprechenden Genehmigung des Staatsanwaltes bei ihm klingeln werde. Dann versiegelte er die Tür und wies den Hausmeister an, niemanden außer der Spurensicherung in die Wohnung zu lassen.

„Und wenn der Varga wiederkommt, soll ich ihm dann auch das Betreten seiner Wohnung verbieten?"

„Dann rufen Sie mich einfach an" sagte Jan und reichte ihm seine Karte. „Falls jemand anderer in die Wohnung will, informieren Sie mich bitte ebenfalls."

Mayer murmelte etwas Unverständliches und fuhr mit Jan wieder ins Erdgeschoss.

Als nächstes steuerte Jan die Adresse von Andrea Gröning an. Auch sie wohnte in einem Hochhaus, das allerdings schon gut zwanzig Jahre alt zu sein schien. Die Wohnung von Andrea war kleiner aber sehr gemütlich.

„Haben Sie etwas von Ralf gehört?" war ihre erste Frage. Jan brachte ihr schonend bei, dass

Ralf verstorben war, verschwieg aber die näheren Umstände.

„Was können Sie mir über Herrn Varga sagen?" fragte er stattdessen. „Hat er Familie, Angehörige, wer sind seine Freunde, wie haben Sie ihn kennengelernt?"

Andrea setzte sich und bat auch Jan Platz zu nehmen. Sie schluckte ein paarmal, dann sagte sie: „Ich habe Kunst studiert und traf Ralf das erste Mal in einer Studentenkneipe. Er betrieb eine kleine unscheinbare Galerie in einem Hinterhof und suchte jemand, der in seiner Abwesenheit den Laden betreute. Meine Eltern sind zwar wohlhabend, aber ich hatte mir in den Kopf gesetzt, ohne ihre Hilfe mein Studium zu finanzieren, und sagte zu. Nach meinem Abschluss fragte ich Ralf – der übrigens einen guten Blick für Bilder junger Künstler hat...äh hatte, muss ich ja wohl sagen – ob wir nicht als gleichberechtigte Partner eine Galerie in größerem Stil aufziehen sollten. Das Darlehen bekam ich von meinen Eltern und habe es zwischenzeitlich längst zurückgezahlt.

So begann unsere Zusammenarbeit. Wir kauften Bilder junger noch unbekannter Künstler an und rahmten sie selbst in unserer Werkstatt. Das Geschäft lief gut, zumindest in den ersten Jahren. In den letzten Monaten allerdings stellte ich eine Veränderung an Ralf fest. Er verschwand oft, ohne Angabe von Adresse oder Gründen, er versäumte Termine und war reizbar, ja sogar aggressiv. Die Hauptarbeit blieb an mir hängen, aber das machte mir nichts aus. Und dann war Ralf wieder einmal verschwunden. Niemand wusste, wo er war oder wie lange er bleiben würde. Es vergingen ein paar Wochen. Dann war er plötzlich wieder da. Er sah schlecht aus, war noch fahriger als vorher, und ich hatte den Verdacht, dass er Drogen konsumiert. Ich sprach ihn darauf an, und er wurde richtig wütend und beschimpfte mich. Zwei Tage später entschuldigte er sich und sagte, er habe private Probleme. Er bedankte sich bei mir für die in seiner Abwesenheit geleistete Arbeit und schickte mich in Urlaub. Als ich wieder zurückkam, sah ich, dass er in meiner Abwesenheit nicht in der Galerie gewesen sein konnte, da Büro und Verkaufsraum so waren, wie ich sie hinterlassen hatte. Die Post stapelte sich im Kasten und der AB war voll mit Nachrichten. Ich habe dann versucht, seine beiden Freunde zu erreichen, aber ohne Erfolg. Deswegen habe ich die Vermisstenmeldung aufgegeben."

Sie schwieg und sah Jan an.

Der fragte: „Haben Sie die Namen und Telefon-Nummern seiner Freunde greifbar?" Sie nickte und reichte ihm ihr Handy.

„Gregor Grünert und Bernhard Schliepmann" sagte sie und zeigte auf die entsprechenden Einträge. „Gregor ist Geschäftsführer im Ibis-Hotel und Bernie ist hauptberuflich Sohn. Seinem Vater gehört einer der größten Reinigungsbetriebe hier in Hamburg. Der wäscht und reinigt für fast alle namhaften Hotels in der Umgebung."

Jan fotografierte die Einträge mit seinem Phone und bedankte sich bei Andrea. „Da ist noch etwas. Wissen Sie, ob Ralf Angehörige hat?"

„Hier nicht. Er ist als junger Mann aus Ungarn gekommen. Ob er dort noch Familie hat, weiß ich nicht. Er hat nie darüber gesprochen, und ich habe nicht gefragt."

„Dann müsste ich Sie bitten, am Montag mit mir zur Gerichtsmedizin zu fahren wegen der Identifizierung. Ich hole sie zur Mittagszeit in der Galerie ab."

Der Gerichtsmediziner zog die Stirn in Falten, als er Jan und Andrea eintreten sah. Jan schüttelte leicht mit dem Kopf und sagte: „Das ist Frau Gröning, die Geschäftspartnerin von Herrn Varga. Sie wird die Identifizierung vornehmen."

Die Bahre wurde aus dem Kühlfach gezogen und das Laken vom Gesicht entfernt. Andrea holte tief Luft und trat näher. Sie warf einen langen Blick auf das aufgedunsene Gesicht, dann nickte sie. „Das ist Ralf Varga" sagte sie und wandte sich zur Tür.

„Ein Kollege wird Sie nach Hause bringen" bot Jan ihr an, „ich habe hier noch zu tun." Andrea schüttelte mit dem Kopf. „Nicht nötig, ich gehe ein Stück zu Fuß. Dann nehme ich mir ein Taxi. Ich möchte jetzt gern allein sein."

„Wie Sie wünschen", sagte Jan. „Möglicherweise komme ich in den nächsten Tagen noch einmal in der Galerie vorbei." Andrea nickte und verließ dann fast fluchtartig die Gerichtsmedizin.

Als sie allein waren, fragte Jan: „Was macht Ihnen Kopfzerbrechen, Doktor?"

„Einiges" sagte der Arzt. „Zuerst einmal, er starb an einem Herzinfarkt. Kein Wasser in der Lunge. Er war also schon tot, als er hineinfiel oder hinein gestoßen wurde. Aber was mich irritiert, sind die Spuren von äußerer Gewalt am Körper. Er ist noch zu Lebzeiten geschlagen worden, vermutlich mit einer behandschuhten Faust. Ein schwerer Schlag traf seinen Brustkorb genau über dem Herzen.

Dies und die Tatsache, dass er Drogen im Blut hatte und vermutlich die Erregung, die mit dem Streit oder was auch immer es war, einherging, haben den Infarkt verursacht."

„Also Körperverletzung mit Todesfolge" sagte Jan. „Warum aber hat man ihn ins Wasser geworfen?"

„Das müssen Sie herausfinden" sagte der Arzt gleichmütig. „Meine Arbeit ist soweit erledigt."

Jan bedankte sich und verließ die Gerichtsmedizin. Er fuhr auf direktem Weg zum Ibis-Hotel und fragte an der Rezeption nach Gregor Grünert. Die schwarzhaarige Moira strahlte ihn mit ihren dunkel umrahmten Augen an. „Soll ich ihn herunter bitten?" „Mir wäre es lieber, Sie sagten mir, wo ich ihn finden kann."

Moira erklärte ihm, wo Gregors Büro war, und Jan machte sich auf den Weg. Er klopfte an Gregors Tür und hörte kurz darauf ein „Ja, bitte."

Gregor saß an seinem Schreibtisch, ein Glas mit Eiswürfeln und einem geringen Rest hellbrauner Flüssigkeit vor sich. Jan zückte seinen Ausweis und stellte sich vor. Über Gregors Gesicht lief ein Zucken und mit geweiteten Augen sah er Jan an. Seine Stimme war heiser, als er salopp sagte: „Schön, und was führt Sie zu mir."

„Kennen Sie Ralf Varga?"

„Sicher, wir gehen ab und zu auf einen Drink miteinander aus." „Wann haben Sie ihn zuletzt gesehen?" „Das muss so ungefähr 2 Wochen her sein. Er war gerade aus dem Urlaub zurück." „Wo haben Sie ihn getroffen?" „Wir waren im „Roten Schwan". Ralf war merkwürdig an dem Abend, er hat die Barfrau angefaucht und ist dann einfach gegangen, ohne sich zu verabschieden. Seitdem habe ich nichts mehr von ihm gehört."

„Waren Sie allein mit ihm dort?" „Nein, ein gemeinsamer Bekannter war bei uns. Mit dem bin ich dann bis zum Ende des Programms geblieben....aber warum fragen Sie mich das alles? Hat Ralf irgendetwas ausgefressen?"

„Er ist tot."

„Wie bitte? Hatte er einen Unfall?"

„Die Ermittlungen sind noch nicht abgeschlossen. Ach übrigens hat mir Frau Gröning, die Teilhaberin von Herrn Varga gesagt, sie könne Sie telefonisch derzeit nicht erreichen."

„Ja, das ist gut möglich. Mir ist mein Handy abhandengekommen. Entweder habe ich es verloren oder es ist mir gestohlen worden. Ich weiß es nicht. Bei meinem neuen Handy habe ich die Rufnummer-Mitnahme noch nicht aktiviert. Es war so viel zu tun, ich hab es schlicht vergessen. Aber jetzt, wo Sie mich darauf aufmerksam machen, werde ich das sofort nachholen."

Jan sah ihn mit ausdruckslosem Gesicht an und glaubte ihm kein Wort. „Besitzen Sie ein Wasserfahrzeug?" fragte er als Nächstes. Gregor war eindeutig irritiert. „Wieso?". „Beantworten Sie einfach meine Frage" sagte Jan.

„Ich besaß mal einen Kajak, aber den habe ich schon vor ein paar Jahren einem Jungen aus dem Ruderclub gegeben."

Jan wandte sich zur Tür. „ Vielen Dank für die Zeit, die Sie sich für mich genommen haben. Möglicherweise muss ich Sie noch einmal befragen. Und ihre neue Telefon-Nummer hätte ich auch gerne."

Gregor sagte sie ihm und Jan verließ das Büro. Er hätte jetzt gerne Mäuschen gespielt. Dass mit diesem Mann etwas nicht in Ordnung war, lag für ihn auf der Hand. Am Ende des Ganges wählte er die Handy-Nummer, die er gerade bekommen hatte an, und richtig. Es erklang das Besetzzeichen. Jan mutmaßte, dass Gregor Bernie anrief.

In seinem Büro fand Jan die erbetenen Listen der Boote vor, die vor acht, neun, zehn und elf Tagen ausgelaufen waren. Es waren sehr viele. Allerdings hatte die Hafenmeisterei auf seinen Wunsch hin die Eigner bzw. Charterer namentlich vermerkt. Auch die zweite – ein wenig kürzere - Liste war vorhanden. Auf dieser standen alle Boote, die in den Tagen vor dem Auffinden von Lisa Neumanns Leiche registriert worden waren. Jan rief sein Team zusammen, verteilte die Listen und sagte Ihnen, wonach sie suchen sollten.

Markus, der jüngste des Teams, rief nach kurzer Zeit. „Ich hab hier was auf der alten Liste. Die Seagull ist von einem Bernhard Schliepmann gechartert worden. Fast gleichzeitig bemerkte die einzige Frau des Teams, Carola: „Ein Schiff das einem Jochen Schliepmann gehört, ist vor neun Tagen ausgelaufen mit Ziel Dänemark."

Jan griff zum Telefon und ließ sich mit der Firma Schliepmann verbinden. Er erreichte nur die Sekretärin, die ihm mitteilte, dass der Chef außer Haus sei. Jan bat sie, er möge ihn dringend zurückrufen und gab ihr seine Büronummer. Dann suchten sie weiter, wurden aber nicht fündig. Eine gute Stunde später rief Jochen Schliepmann zurück. Jan fragte: „Ist es richtig, dass Ihnen ein Boot mit dem Namen „Elbprinzessin" gehört. Nach kurzem Schweigen am anderen Ende der Leitung fragte Herr Schliepmann: „Ist etwas passiert? Mein Bruder ist mit unserem Schiff unterwegs."

„Nein", beruhigte ihn Jan. „Passiert ist nichts. Wir ermitteln in einer Sache, in der ihr Boot möglicherweise eine Rolle spielen könnte." Wieder eine längere Pause. Dann sagte Jochen Schliepmann: „Können Sie mir nicht irgendeinen Anhaltspunkt geben?" „Wo ist ihr Bruder jetzt?" „Noch immer unterwegs. Ich erwarte ihn übermorgen zurück." „Was ist der Grund der Reise?" „Er hat kürzlich wieder geheiratet. Das sind sozusagen seine Flitterwochen." „Arbeitet ihr Bruder auch in Ihrem Betrieb." „Nein, er ist Statiker im städtischen Bauamt." „Vielen Dank, möglicherweise komme ich noch einmal auf Sie zurück."

Jan legte auf und sagte zu seinem Team, das dem Gespräch gelauscht hatten: „Ich glaube zwar kaum, dass ein Flitterwöchner eine Leiche spazieren fährt, aber trotzdem werde ich ihn nach seiner Rückkehr befragen."

Carola sagte: „Ist doch komisch, dass der Sohn ein Boot chartert, obwohl die Familie über ein eigenes verfügt."

„Ganz recht", antwortete Jan, „und diesen Junior werde ich mir jetzt mal vorknöpfen."

Kai war nach Dienstschluss wieder zu Marion gefahren und fand – er hatte es auch nicht anders erwartet – Hans Werremeier dort vor. Nach der üblichen Begrüßung, und nachdem alle mit Getränken versorgt waren, sagte Kai zu Marion: „Wir müssen heute noch einmal versuchen, ein wenig mehr über Ihren Unfall herauszufinden. Wenn alle Stricke reißen könnte ich es mit Hypnose versuchen, aber ich bin der Meinung, Sie erinnern sich auch ohne dieses Hilfsmittel. Sind Sie bereit?"

„Hans hat mir ein leichtes Beruhigungsmittel gegeben, nachdem Sie sich angekündigt haben", sagte sie. „Er meint, das würde mir helfen." Kai nickte. „Keine Einwände" sagte er.

Hans setzte sich auf die Couch und legte Marions Kopf in seinen Schoß. Er legte ihr die Hand auf die Stirn und sagte: „Du brauchst keine Angst zu haben. Alles, was du vor dir siehst, ist bereits geschehen. Und ich halte dich fest." Sie lächelte ihm dankbar zu und schloss die Augen. „Bereit" sagte sie.

Kai entwarf wieder ein Szenario. „Sie gehen auf das Boot, wie sieht es aus?" Langsam sagte Marion. „Es hat drei Kabinen, eine kleine Küche ist im Salon. Und ein Minibadezimmer ist auch da."

Kai fuhr fort: „Sie bekommen einen Drink. Was ist es?" „Ein Cocktail, er ist grünlich und sehr süß."

„Wie heißt der Mann, der Ihnen den Drink gegeben hat?" Marion wird unruhig und Hans streicht vorsichtig ihre Stirn. Nach einer ganzen Weile sagt sie: „Gregor". „Hören Sie Musik?" „Ja". „Sie haben das Glas geleert, was tun Sie jetzt?" „Gregor zieht mich in eine der Kabinen." Ihre Unruhe verstärkt sich, sie beginnt zu schwitzen. Hans hält sie fester im Arm und streichelt weiter ihre Stirn. „Da sind noch andere Personen auf dem Schiff" insistiert Kai. Wie heißt die Frau?".

„Nein." Marion schreit es und versucht sich aufzusetzen, sanft hält Hans sie fest und sagt leise zu ihr. „Mach weiter, mein tapferes Mädchen, du kannst es und ich bin bei dir." Es dauert eine ganze Weile, bis Marions Atmung wieder ruhig geht. „Heißt einer der Männer Ralf?" fragt Kai. Marion nickt. „Wie heißt der 3. Mann?" „Sie nennt ihn Bernie." „Wie heißt sie?" Kais Stimme ist laut und fordernd und wimmernd kommt es von Marion zurück: „Lisa".

Kai atmete tief durch, lehnte sich zurück und gab Hans ein Zeichen, Marion aufstehen zu lassen. Sie war schweißüberströmt und weinte. Hans holte ihr ein Glas Wasser. Sie trank es gierig aus. Dann wischte sie sich die Augen trocken und sah Kai an. „Die Kopfschmerzen sind wieder da", sagte sie. „Ich weiß" antwortete Kai. „Aber auch ihr Gedächtnis ist wieder da, richtig?" Marion nickte. „Erzählen Sie", forderte er sie auf.

Mit monotoner Stimme fing Marion an zu erzählen: „Ich habe Gregor vor einiger Zeit in einem Restaurant kennengelernt. Wir haben uns gelegentlich auf einen Kaffee getroffen. Er sagte mir, dass er verheiratet sei, und deswegen haben wir uns immer außerhalb von Hamburg verabredet. Am Tag vor dem Ausflug rief er mich an und fragte, ob ich Lust hätte, mit ihm einen Bootsausflug zu machen. Da Rena am späten Nachmittag kommen wollte, habe ich gezögert. Er sagte jedoch, wir seien am frühen Nachmittag wieder zurück. Also bin ich in die Stadt gefahren und dort von einem Auto abgeholt worden, in dem er, zwei andere Männer und eine Frau saßen. Er stellte mir die Leute vor, allerdings hat er nur deren Vornamen genannt. Wir fuhren zum Hafen und gingen auf ein Boot mit dem Namen Seagull, das abseits von den anderen Booten lag. Es wurden Drinks verteilt, und ich fühlte mich danach irgendwie komisch, es ist schwer zu beschreiben, am ehesten schwerelos. Gregor drängte mich in eine Kabine." Sie stockte und ihr Blick fiel auf Hans. Der verstand und sagte: „Das ist Vergangenheit, Liebes, hab keine Scheu und erzähle alles, woran du dich erinnern kannst." Mit leicht gerötetem Gesicht fuhr Marion fort: „Nun, ich glaube, wir hatten Sex, allerdings erinnere ich mich nicht an Einzelheiten. Zwischendurch hatte ich das Gefühl, in einem Flugzeug zu sein. Ich muss dann wohl eingeschlafen sein, denn als ich erwachte, war ich allein in der Kabine. Ich zog mich schnell an und ging nach draußen. Und da sah ich Lisa auf der Treppe liegen, mit dem Kopf, der merkwürdig verdreht aussah, nach unten. Ich habe geschrien, daran erinnere ich mich genau. Und dann war alles dunkel um mich herum, und ich musste husten und stellte fest, dass ich im Wasser war.

Vom Boot war nichts mehr zu sehen. Das ist alles, woran ich mich erinnere. Das nächste, was ich weiß, ist, dass ich in einem Bett lag und Doc bei mir war."

Doc nahm Marion in den Arm und küsste sie liebevoll auf die Stirn. „Gut gemacht, mein Engel" sagte er. Auch Kai ging zu Marion und strich ihr freundlich über die Schulter.

„Sie haben sich und uns heute einen großen Gefallen getan", sagte er. „Ich habe ihre Schilderung aufgenommen – es tut mir leid, dass ich nicht vorher gefragt habe – und lasse sie Herrn Köller zukommen. Somit brauchen Sie das nicht alles noch einmal zu wiederholen. Die Polizei wird ein Protokoll daraus anfertigen und Ihnen vorlegen. Jetzt lasse ich Sie aber erst einmal allein. Sie brauchen Ruhe und Erholung nach dieser Schwerstarbeit."

Jan staunte sehr, als Kai ihm die Schilderung von Marion vorspielte, nachdem er zu Hause eingetroffen war.

„Schön, dass du meine Arbeit machst" sagte er sarkastisch. „Warum hast du mich nicht mitgenommen?"

„Ich war mir nicht sicher, ob es funktionieren würde. Und jetzt sei nicht sauer, freu dich lieber, dass du in dieser Sache ein Stück weitergekommen bist."

„Tu ich ja, aber eines muss ich noch wissen: Wen hat Marion im Raum gesehen, als Lisa auf der Treppe lag? Nur so lässt sich feststellen, wer ihr die Schläge auf den Kopf versetzt hat."

„Du kannst sie ja fragen, wenn sie das Protokoll unterschreibt....Bist du in der anderen Sache weitergekommen?"

Jan gab Kai einen kurzen Bericht darüber, wie Rolf zu Tode gekommen war, und erzählte ihm von seinem Besuch bei Gregor. Dann fuhr er fort: „Bernhard Schliepmann hat eine eigene Wohnung, lebt also nicht im Haus der Eltern. Die Wohnung befindet sich auf dem Firmengelände. Ich habe zwei Streifenpolizisten hingeschickt, um ihn zu einer Befragung abzuholen, aber er war nicht da. Einer der Werkmeister meinte, er habe einen Anruf erhalten und sei danach im Laufschritt zu seinem Wagen gelaufen und davongefahren. Ich möchte wetten, der Anruf kam von Gregor."

„Und was machst du jetzt als nächstes?"

„Ich habe ihn zur Fahndung ausgeschrieben, Flughafen und Bahnhöfe werden überwacht, eben das ganze Programm. Seine Autonummer haben wir auch, ebenso seine Handynummer. Weit kommt der nicht. Und wenn mein Verdacht stimmt, dass er der „Mann fürs Grobe" ist, geht er ganz schön lange in Erholung auf Staatskosten."

„Mord kannst du ihm aber nicht anhängen. Wenn ich mich recht erinnere, kam Lisa Neumanns Genickbruch doch ohne Fremdeinwirkung zustande. Und Ralf Varga starb letztendlich an einem Herzinfarkt."

„Bleiben immer noch Körperverletzung mit Todesfolge und versuchter Mord an Marion Berkhof."

„Tja, jetzt musst du ihn bloß noch finden."

Marion kam am nächsten Morgen in Jans Büro, begleitet von Hans, und las noch einmal ihre Aussage durch. Jan stellte ihr die Frage, ob sie sich erinnern könne, wer im Raum gewesen sei, als sie Lisa fand. Hilfesuchend wandte sie sich an Hans, der wieder ihre Hand in die seine nahm und ihr aufmunternd zunickte. Sie schloss die Augen. Ein Frösteln ging durch ihren Körper. Mit leiser aber klarer Stimme sagte sie: „Ralf beugte sich über die Frau, und Gregor sah mich erschreckt an.....nein, eigentlich sah er an mir vorbei."

„Was geschah dann?"

„Ich weiß es nicht, ich kann mich erst wieder erinnern, dass ich im Wasser war."

Sicherheitshalber fragte Jan: „Und Sie sind sicher, dass Bernie nicht auch Raum war?"

„Absolut."

„Vielen Dank, Frau Berkhof, wenn Sie unterschrieben haben, können Sie gehen. Ich mache Sie allerdings darauf aufmerksam, dass Sie Ihre Aussage vor Gericht werden wiederholen müssen, sobald es zu einer Verhandlung kommt."

Sie nickte, verabschiedete sich und verließ mit Hans das Büro.

Etwa eine Stunde später klopfte es an Jans Tür. Gregor trat ein. Er wirkte übernächtigt, als habe er nicht geschlafen, und ein leichter Hauch von Whisky umgab ihn.

Jan bat ihn Platz zu nehmen und fragte, was der Grund seines Besuches sei.

„Ich habe gestern meinen Anwalt angerufen, und der riet mir, eine Aussage zu machen."

„Gut, ich höre. Ist es Ihnen recht, wenn ich ein Band mitlaufen lasse." Gregor nickte und Jan nannte das Datum und die anwesenden Personen. Anschließend sagte er: „Dann fangen Sie mal an!"

„An das genaue Datum erinnere ich mich nicht mehr, aber es war ein Freitagabend, als Bernie, ich meine Bernhard Schliepmann, Ralf und mich fragte, ob wir am nächsten Tag Lust hätten, eine Bootstour zu machen. Wir sagten zu und luden noch zwei Frauen ein. Ralf hatte einige Zeit vorher eine Geschichte mit Lisa Neumann angefangen und wollte sie mitbringen. Er erwähnte, dass sie sehr frei sei, und sicher nichts gegen einen Dreier einzuwenden haben würde, was Bernie zu gefallen schien. Auf die Frage, wen ich mitbringen würde, sagte ich, dass ich vor Kurzem Marion kennengelernt habe. Allerdings hatten wir uns nur gelegentlich auf einen Kaffee getroffen, waren also nicht intim. Bernie sammelte uns am nächsten Morgen nacheinander ein und wir fuhren zum Hafen. Er hatte ein Boot gechartert, die Seagull."

Jan unterbrach ihn mit der Frage, warum Bernie ein Boot gechartert habe, obwohl die Familie ein eigenes besaß.

„Bernies Vater hat ihm verboten, das Boot für seine „Sex-Kreuzfahrten" zu benutzen, wie er es nannte. Es hat da in der Vergangenheit einen Eklat gegeben, als beim Anlegen des Bootes der Familie Schliepmann zwei „Damen" nur mit Slips begleitet auf dem Deck getanzt hatten."

„Gut, weiter bitte."

„Wir gingen also an Bord und Bernie verteilte Drinks. Ich glaube, er hat den Frauen irgendwas hineingetan, denn sie machten schon nach einem Glas einen betrunkenen Eindruck. Bernie verschwand mit Ralf und Lisa in einer Kabine und ich ging mit Marion in eine andere."

„Hatten Sie Sex?" Ein Nicken war die Antwort. „Jan wies auf das Aufnahmegerät und sagte: „Bitte antworten Sie mit ja oder nein."

„Ja" sagte Gregor.

„Was geschah dann?"

„Marion schlief ein und ich zog mich an, um mir einen Whisky zu holen. Ich hörte die anderen im Salon lachen, es lief Musik, und als ich aus der Kabine trat, sah ich Lisa, die spärlich bekleidet war, tanzte. Ralf und Bernie feuerten sie an. Zwischendurch trank sie immer wieder einen Schluck von ihm Cocktail. Irgendwann versuchte sie, die Treppe zum Deck hinauf zu gehen. Ralf wollte sie am Arm festhalten, aber sie riss sich los, strauchelte und fiel rückwärts die Treppe herunter. Sie blieb liegen und rührte sich nicht mehr. Ralf tätschelte ihre Wange, sah aber, dass sie die Augen offen hatte und ihr Kopf seltsam verdreht war. Wir standen wie erstarrt.

In dem Moment kam Marion aus der Kabine und schrie auf, als sie Lisa erblickte. Bernie, der hinter sie getreten war, hatte eine noch ungeöffnete Flasche in der Hand und schlug sie ihr zweimal auf den Kopf. Dann ging er nach oben, sprach mit irgendjemand der am Ufer saß, ließ den Motor an und fuhr los. Als wir ein ganzes Stück gefahren waren, fragte Ralf ihn, was wir denn jetzt machen sollten. Bernie drosselte den Motor, nahm Lisa auf die Arme und warf sie über Bord. Ich fragte ihn, ob er verrückt geworden sei, und er sagte: „Habt ihr Lust in den Knast zu wandern?" Wir stritten uns. Ich hatte Marion zwischenzeitlich auf die Couch gelegt und fühlte nach ihrem Puls, konnte ihn aber nicht finden. Bernie kam zu mir, stieß mich zur Seite, dass ich hinfiel, nahm Marion und warf auch sie über Bord. Dann wendete er das Boot und brachte es zurück um Hafen. Er schien völlig ruhig. Ralf zitterte am ganzen Körper und auch mir war übel und ich hatte Schweißausbrüche. Bernie fuhr uns nach Hause und sagte: „Wir haben nur eine kurze Tour mit dem Boot gemacht, ist das klar? Keine weiteren Vorkommnisse!"

Gregors Stimme war heiser, er starrte auf seine Hände. Jan bot ihm ein Glas Wasser an, das er dankend annahm.

„Können Sie mir auch etwas über Ralfs Ableben sagen?" fragte Jan.

Nach einer Weile antwortete Gregor: „Leider nein, zumindest nichts Genaues. Wir haben uns vor gut zwei Wochen, nachdem Ralf aus seinem Urlaub wieder gekommen war, im „Roten Schwan" getroffen. Er sah schlecht aus und reagierte auf eine Bemerkung der Barfrau äußerst ungehalten. Daraufhin verließ er grußlos die Bar. Seitdem habe ich nichts mehr von ihm gehört."

„Haben Sie nicht versucht ihn anzurufen?"

Gregor antwortete mit einem zögerlichen „Nein".

„Und Bernie, haben Sie den noch einmal getroffen oder mit ihm telefoniert." Auch diese Frage verneinte Gregor. „Wissen Sie, wo Bernhard Schliepmann sich derzeit aufhält?" Wieder ein „Nein". „Haben Sie eine Idee, wo er sein könnte?" „Nein, leider nicht."

Jan schaltete das Aufnahmegerät aus. „Können Sie morgen noch einmal hierher kommen, um ihre Aussage zu unterschreiben?"

„Ich habe morgen langen Dienst. Geht es auch übermorgen?"

„Sicher. Und halten Sie sich bitte zu unserer Verfügung, falls wir noch Fragen haben."

Kai und Jan saßen nach dem Essen beim Kaffee und unterhielten sich über Marion und den „Unfall". Jan sagte gerade: „Das, was mir Gregor heute erzählt hat, war eine mit dem Anwalt abgesprochene und geschönte Aussage. Demnach war Bernie der alleinige Übeltäter. Ich habe ihm den Hergang, so wie er ihn schildert, nicht abgenommen. Es klang alles zu glatt. Und außerdem hätte er sich nur der verweigerten Hilfeleistung schuldig gemacht. Hinzu kommt noch, dass er die Polizei nicht verständig hat, aber ein guter Anwalt paukt ihn da heraus, sodass er mit einer Bewährungsstrafe davonkommt. Ich muss unbedingt Bernhard Schliepmann finden und mir dessen Version anhören. Außerdem scheint Grünert immer noch zu glauben, dass Marion tot ist, aber noch nicht gefunden wurde. Für diesen Fall hat er den Tathergang, der ja zu stimmen scheint, bereits gestanden. Bernie ist der Böse, und er das hilflose Opfer, das alles mit ansehen musste. Aber so leicht lasse ich ihn nicht von der Angel."

„Marion kann dir leider nicht weiterhelfen. Was im Salon geschah, und wer den Auftrag, die beiden Frauen ins Wasser zu werfen, gegeben hat, weiß auch sie nicht, da sie ohnmächtig war. Ohnehin ein Wunder, dass sie nicht ertrunken ist."

„Wann hat Marion ihren ersten Tag im Betrieb?"

„Am kommenden Montag, warum fragst du?"

„Übermorgen kommt Gregor Grünert zum Unterschrift der heutigen Aussage. Ich würde ihn gerne einen Blick auf Marion werfen lassen, ohne dass er mit ihr sprechen kann."

„Und dann?" „Es wird ihn verunsichern, falls seine Aussage nicht der Wahrheit entsprach." „Das bringt Marion aber in Gefahr." „Wir müssen sie natürlich einweihen und Hans Werremeier auch. Polizeischutz ist ebenfalls möglich." „Wie, glaubst du, wird er reagieren?" „Er wird mit Bernie Kontakt aufnehmen. Möglicherweise wird er versuchen, auch ihn aus dem Weg zu räumen, damit dieser seine Aussage nicht widerlegen kann. Auf jeden Fall aber wird er für uns die Chance erhöhen, Bernie zu finden." „Das ist ein ganz schön gewagtes Spiel." „Hast du eine bessere Idee?" „Nein, aber was ist, wenn er über die Grenze nach Dänemark fährt. Dort kannst du nichts ausrichten." „Aber die dortigen Kollegen. Da muss mein Boss dann halt mal um grenzüberschreitende Hilfe bitten."

„Und wann genau kommt Herr Grünert übermorgen zu dir?" „Zwischen drei und vier am Nachmittag." „Gut, ich spreche mit Marion, und du ergreifst alle nötigen Maßnahmen zu ihrem Schutz."

Am nächsten Tag überschlugen sich die Ereignisse. Am Morgen meldete sich ein Helmut Schliepmann bei Jan und fragte, wie er ihm behilflich sein könne. Sein Bruder Jochen habe ihm von seinem, Jans, Telefonat erzählt. Er sei gerade aus Dänemark zurückgekommen.

Jan stellte die üblichen Fragen, ob er unterwegs Kontakt zu Bernhard Schliepmann gehabt habe, ob er etwas über dessen Verbleib wisse und ob ihm auf dem Schiff etwas Ungewöhnliches aufgefallen sei. Alle Fragen beantwortete Helmut mit „Nein." Jan bedankte sich und ließ ihn gehen.

Nur wenig später betrat Jochen Schliepmanns Frau das Büro und meldete ihren Sohn als vermisst. Er sei weder in seiner Wohnung noch im Betrieb, berichtete sie. Außerdem könne sie ihn telefonisch nicht erreichen. Sein Handy sei offensichtlich ausgeschaltet. Sie wirkte aufs Äußerste beunruhigt und erwähnte, dass ihr Mann von diesem Besuch nichts wisse, da er nach dem Telefonat mit Jan gesagt habe, wenn Bernie sich wieder in Schwierigkeiten gebracht habe, würde er ihn „die Suppe diesmal allein auslöffeln lassen".

Jan fragte: „War ihr Sohn denn schon öfter in Schwierigkeiten.". Sie nickte unsicher. „Da war mal etwas mit Drogen, und bei einer Schlägerei hat er jemand verletzt. Bisher ging es immer noch glimpflich ab, aber dies und die Frauengeschichten, die er ständig hat, missfallen meinem Mann zunehmend."

„Verstehe. Haben Sie eine Idee, wo ihr Sohn sein könnte? Haben Sie irgendwo eine Ferienwohnung oder dergleichen? Leben irgendwo noch Verwandte von Ihnen, oder hat er einen Freund oder eine Freundin bei dem oder der er sein könnte?"

Sie dachte nach. „Seine Freunde sind Gregor und Ralf. Die drei sind eigentlich immer zusammen. Eine feste Freundin hat er nicht. Er lässt sich immer mit Mädchen ein, die nicht für eine feste Beziehung taugen." Es trat eine Pause ein. „Mein Mann hat keine Verwandten, außer seinem Bruder, und ich habe noch eine Schwester. Aber die lebt in der Nähe von Stralsund in unserem Elternhaus. Ich bin dort aufgewachsen, aber über Dänemark nach Westdeutschland geflohen. Elli und unsere Eltern sind geblieben. Die Eltern leben beide nicht mehr. Ich habe nach der Wende Elli mehrfach eingeladen, zu uns zu kommen, aber sie hat abgelehnt. Nach meiner Flucht hat die Familie wohl einiges auszustehen gehabt, das hat sie mir bis heute nicht verziehen."

„Haben Sie denn noch Kontakt?" „Na, ja, die üblichen Karten zu Weihnachten und zum Geburtstag. Sonst eigentlich nicht."

Jan sagte: „Ich danke Ihnen für Ihren Besuch. Nach Ihrem Sohn wird bereits gesucht. Machen Sie sich nicht zu viele Sorgen. Wir werden ihn finden."

Eine halbe Stunde später meldete sich die Verkehrspolizei und berichtete, dass in der Nähe von

Kröpelin auf dem Parkplatz eines Schnellimbisses an der B 105 der schwarze SUV gesehen worden sei. Der Fahrer habe beim Verlassen des Parkplatzes fast einen anderen Wagen gerammt und diesen gezwungen auszuweichen, wodurch Schäden an dem Auto entstanden seien. Der Beifahrer des Halters habe sich die Auto-Nummer gemerkt und Anzeige erstattet.

Jan sah auf Karte. Kröpelin! Die Strecke nach Stralsund, nicht auf der Autobahn aber auf der Bundesstraße.

Jan trommelte sein Team zusammen, verständigte die Kripo in Stralsund und bat um Amtshilfe. Dann hielt er mit seinem Team eine kurze Besprechung ab und ordnete an, dass zwei seiner Leute Gregor im Auge behalten und zwei weitere mit ihm nach Stralsund fahren sollen. Markus, der jüngste, und Erich würden im Büro bleiben und die eingehenden Meldungen koordinieren.

Ein letzter Anruf ging an Kai. Jan teilte ihm mit, dass Bernie mit großer Wahrscheinlichkeit in Stralsund sei und er sich nun dorthin begeben werde.

Während der zweieinhalbstündigen Fahrt erfuhren sie, dass die Stralsunder Kollegen den SUV in der Nähe des Hauses von Elli gefunden hätten, allerdings ohne etwas zu unternehmen und ohne sich selbst blicken zu lassen, wie Jan es erbeten hatte.

Die Überprüfung von Gregor hatte ergeben, dass er nicht zum Dienst erschienen war und sich krank gemeldet hatte. Jan bat um verschärfte Aufmerksamkeit, da nicht auszuschließen war, dass auch Gregor versuchen würde, sich abzusetzen.

Als sie schließlich Ellis Haus erreichten, waren sie zu elft. Ein Mannschaftswagen mit sechs Polizisten unterstützte den Einsatz der beiden Stralsunder Kollegen und den von Jan und seinen beiden Teammitgliedern.

Der Einsatzleiter aus Stralsund und Jan näherten sich dem Haus von der Rückseite aus. Es war ein altes eineinhalbgeschossiges Haus, dem man ansah, dass seine besten Jahre lange vorbei waren. Dennoch wirkte es ordentlich und sauber. Im Garten wechselten sich Blumenbeete mit Nutzpflanzen und Beerensträuchern ab. Die Fensterläden am Haus hatten erst kürzlich einen neuen Anstrich bekommen.

Jan und sein Kollege schlichen geduckt zu den drei nebeneinander liegenden Fenstern und spähten ins Innere. Es war eine Küche. Auf der Spüle stand Geschirr zum Abtropfen, zu sehen war niemand. Vorsichtig umrundeten sie das Haus. An der Schmalseite sahen sie etwa zwei Meter über dem Boden ein kleines Fenster. Offensichtlich verbarg sich dahinter das Badezimmer. Mit noch größerer Vorsicht näherten sie sich der Frontseite und hoben unendlich langsam die Köpfe, um ins Innere zu spähen. Dort saß, mit dem Rücken zum Fenster, Bernie und reinigte irgendeinen Gegenstand, der von seinem Körper nahezu komplett verdeckt war. Nur ein schwarzes Griffstück war zu erkennen.

Der Stralsunder Kollege machte das Zeichen für Kurzwaffe. Jan zuckte mit den Schultern. Eine Schusswaffe passte nicht ins Bild. Allerdings war auch nicht auszuschließen, dass die Schlingen, die sich immer enger um Bernie und Gregor zogen, diese zu extremen Reaktionen veranlasst hatten.

Geräuschlos unter den Fenstern vorbei bewegte sich Jan zur Haustür. Mit unendlicher Vorsicht drückte er die alte Eisenklinke herunter. Die Tür öffnete sich. Mit einem Handzeichen winkte er die Kollegen heran. Sie stürmten mit sechs Mann das Haus, die restlichen Polizisten hatten sich rund um das Haus verteilt, um die Fenster zu sichern.

Bernie war so perplex, dass er zu keinerlei Gegenwehr fähig war. Bevor er noch begriff, was hier vor sich ging, lag er bereits gefesselt auf dem Boden. Gerade in diesem Augenblick kam Elli aus dem Obergeschoss, wo sie sich nach dem Essen ein wenig ausgeruht hatte, die Treppe herunter. Sie schrie erschreckt auf und sackte zusammen. Einer der Stralsunder Kollegen fing sie gerade noch rechtzeitig auf und trug sie zur Couch, wo er sie niederlegte.

Für die verschreckte Elli riefen sie einen Arzt, der sich um sie kümmern sollte, und Bernie führten sie in Handschellen zu den wartenden Wagen. Der Griff, den Jan und der Einsatzleiter Stralsund vom Fenster aus gesehen hatten, gehörte nicht zu einer

Schusswaffe, sondern zu einer Berieselungspisto-le, die Bernie für seine Tante gerade von Kalk-rückständen befreit hatte.

Jan bedankte sich bei den Stralsunder Kollegen und zu viert fuhren sie zurück nach Hamburg.

Jan bat sein Büro, Frau Schliepmann davon in Kenntnis zu setzen, dass ihr Sohn unversehrt auf-gefunden worden war. Allerdings könne sie ihn derzeit nicht sprechen, da er in Polizeigewahrsam verbliebe.

Kai hatte gekocht, und Jan, der seit dem Früh-stück nichts mehr gegessen hatte, griff hungrig zu. Nach dem abschließenden Kaffee und einem klei-ne Gläschen Grappa zog er sich in seine Wohnung zurück und fiel todmüde ins Bett.

Am nächsten Morgen ließ Jan Bernie in sein Büro führen. Er hatte damit gerechnet, dass die Familie Schliepmann einen Anwalt beauftragen würde, aber nichts dergleichen war geschehen. Jan stellte eine Tasse Kaffee vor Bernie, nahm sich selbst auch eine und begann mit dem Satz: „Ihr Freund Gregor Grünert hat bereits gestanden und uns erzählt, dass sie die Leiche von Lisa Neumann über Bord geworfen, Marion Berkhof erschlagen und auch diese über Bord geworfen haben. Was sagen Sie dazu?"

Bernie schwieg eine Weile. Dann sagte er: „Er hat mir gesagt, ich soll Lisa ins Wasser werfen, sonst kämen wir alle in den Bau. Aber die Marion hab ich nicht ins Wasser geworfen, sie war nämlich nicht tot. Ich habe ihren Puls gefühlt. Die hat noch gelebt."

„Am besten ist es, sie erzählen alles von Anfang an", sagte Jan freundlich.

„Also Gregor und Ralf wollten mit ihren Puppen eine Sex-....äh einen Bootsausflug machen. Ich sollte ein Boot chartern. Das habe ich auch in der Vergangenheit immer gemacht, weil die mich kannten und keine Papiere oder so was sehen wollten.

„War es die Seagull, die Sie gechartert haben. „Ja." „Erzählen Sie bitte weiter."

„Ich hab gesagt, dass ich auf die Schnelle keine Puppe für mich besorgen könnte, und Ralf hat gesagt, die Lisa würde es mit uns beiden machen. Die sei echt locker."

„Was geschah dann?"

„Gregor hat mir gesagt, wo ich ihn und Marion auflesen sollte. Wo Ralf und Lisa zusteigen würden, wusste ich. Dann sind wir zum Hafen und auf das Schiff. Ralf hat den Mädels was in den Cocktail getan, damit sie locker wurden. Und dann sind wir in die Kabinen gegangen. Lisa hat danach noch im Salon getanzt, die war richtig high. Und dann kam Gregor und wir haben gelacht und mit Lisa rumgemacht. Irgendwann ist die dann ausgebüxt und wollte aufs Deck rennen. Ralf wollte sie festhalten, und da ist sie die Treppe runtergesegelt und liegengeblieben. Die war tot, das konnte man direkt sehen. Und da kam Marion aus der Kabine, die hat geschrien wie am Spieß. Damit sie still ist, habe ich ihr eins mit der Flasche übergezogen. Aber nicht so fest, dass sie tot war. Gregor hat gesagt, ich soll das Boot in die Mündung steuern. Ich bin dann an Deck und habe mich umgesehen. Da war ein Mann am Ufer, der den Schrei bestimmt gehört hat. Also habe ich dem gesagt, ein Mädchen hätte sich den Arm in der Tür geklemmt und bin losgefahren. Als wir dann ein Stück gefahren waren, sagte Gregor: „Los, über Bord mit den Puppen". Also habe ich die Lisa über Bord gehen lassen. Ich bin dann zurück zu Marion und hab gesehen, dass sie noch lebt. Gregor hat mir gesagt: „Los, wirf sie über Bord." Aber das hab ich nicht gemacht. Ich bin nach oben, hab das Boot gewendet und wollte zurück zum Hafen. Da hat er Marion ins Wasser geworfen. Er hat gesagt, es sei meine Schuld gewesen. Wenn ich die Marion nicht niedergeschlagen hätte, hätte die bestimmt ausgesagt, dass das mit Lisa ein Unfall gewesen ist, aber so hätten wir zwei Morde auf dem Gewissen."

Er schwieg, und so etwas wie Erschöpfung machte sich in seinem Gesicht breit. Dass er nicht die hellste Kerze auf dem Kuchen war, hatte Jan nach den ersten Sätzen erkannt. Von daher erschien ihm die Aussage von Bernie glaubhaft.

„Wie oft haben Sie zugeschlagen? Einmal oder zweimal?"

„Nur einmal, und auch nicht sehr fest."

„Ganz sicher?"

„Ja, ganz ehrlich!"

„Und wie war das mit Ralf?" fragte Jan ins Blaue hinein.

„Der hat die ganze Zeit die Hosen voll gehabt, außerdem hat er sich laufend Zeugs eingeworfen. Irgendwann ist er in den Süden abgehauen. Wie er dann wiedergekommen ist, hab ich gedacht, er hat sich wieder bekrabbelt. Aber dann hat er im „Schwan" die Barfrau angebölkt und Gregor hat gesagt, ich soll ihm Verstand einprügeln. Wir haben uns ein oder zwei Tage später verabredet, und ich hab nen Flitzer gechartert."

„Flitzer?" fragte Jan.

„Ein Sportboot, ohne Kabinen, nur so zum rumsprinten."

„Gut. Weiter."

„Ralf war wieder total zu. Ich hab erst versucht, mit ihm zu reden, aber der war total schlecht drauf und hat mir eine gelangt. Da hab ich dann zurück-geschlagen."

„Womit haben Sie ihn geschlagen?"

„Mit der Faust. Aber nicht an den Kopf, nur auf den Körper. Und plötzlich ist der umgefallen und direkt ins Wasser. Er ist sofort untergegangen. Ich hab noch gewartet, weil ich dachte, der taucht gleich wieder auf. Aber von wegen! Dann bin ich zurück, hab das Boot an seinen Platz gebracht und hab Gregor angerufen und ihm erzählt, was passiert ist. Der hat gesagt: „Fahr nach Hause und tu deine Arbeit so wie immer. Und ruf mich nicht mehr an. Ich melde mich bei dir." Dann war ne Woche Funkstille. Und dann rief Gregor an und sagte nur: „Hau ab, die Bullen sind hinter dir her." Ich bin dann ins Auto und wusste erst nicht, wohin ich sollte. Dann fiel mir Tante Elli ein. Und ich bin los. Ich hab ihr erzählt, ich hätte Stress zu Hause, und ob sie mich wohl für ne Weile beherbergen würde. Die ist übrigens echt nett. Und da bin ich dann geblieben, bis ihr mich geholt habt.

„Würden Sie diese Aussage auch beeiden?"
„Na klar, ist doch die reine Wahrheit."

„Ich lasse Sie jetzt wieder in die Zelle bringen. Wenn das Protokoll geschrieben ist, müssen sie es gegenzeichnen. Ich verhafte sie wegen versuchten Mordes an Marion Berkhof und wegen Körperverletzung mit Todesfolge im Falle Ralf Varga. Sie haben das Recht, einen Anwalt hinzuzuziehen."

„Kann ich meine Mutter anrufen? Die kann das mit dem Anwalt regeln."

„Sicher". Jan gab ihm das Telefon und hörte mit, als Bernie ihr sagte, wessen er angeklagt war. Danach lauschte er eine Weile und sagte zum Schluss: „Danke, Mama." Er gab das Telefon an Jan zurück mit den Worten: „Anwalt kommt."

Gregor erschien, blass und mit tiefen Schatten unter den Augen, pünktlich in Jans Büro.

Bevor ihm Jan das Protokoll zur Unterschrift vorlegte, fragte er: „Haben Sie noch einmal über Ihre Aussage nachgedacht? Möchten Sie vielleicht etwas hinzufügen oder verändern?"

„Nein".

„Sind Sie bereit, diese Aussage zu beeiden?"

„Selbstverständlich."

Jan reichte das Protokoll zu Gregor hinüber, dieser überlas es flüchtig und unterschrieb.

„Kann ich dann gehen?"

„Leider nicht, ich muss sie festnehmen. Die Anklage lautet: Anstiftung zum Mord, versuchter Mord, verweigerte Hilfeleistung, Falschaussage, Behinderung der polizeilichen Ermittlungen."

„Wie bitte?" Gregors Gesichtsfarbe wurde um ein paar Töne blasser.

„Ich habe hier eine Zeugenaussage vorliegen, die Sie u.a. als Initiator des versuchten Mordes an Marion Berkhof beschuldigt", sagte Jan. Während Gregor noch nach Worten suchte, öffnete sich die Tür zum Nachbarzimmer, das durch eine Glaswand von Jans Büro getrennt war, und herein kam Marion Berkhof. Wie verabredet warf sie Jan einen langen Blick zu, dann nahm Markus, das jüngste Teammitglied, der hinter ihr den Raum betreten hatte, sie beim Arm und führte sie wieder hinaus.

Gregors Gesicht glich einer Maske. Mühsam stieß er ein: „Ich sage nichts mehr ohne meinen Anwalt" hervor, dann schwieg er.

„Das ist ihr gutes Recht", sagte Jan lächelnd und reichte ihm das Telefon.

Später kam der Anwalt von Bernhard Schliepmann in Jans Büro. Er sagte: „Mein Mandant gibt zu, die Leiche von Lisa Neumann ins Wasser geworfen zu haben. Des Weiteren gibt er die Körperverletzung von Marion Berkhof zu. Der Tod von Ralf Varga war ein Unfall und so nicht intendiert. Alle weiteren Vorwürfe streitet er vehement ab. Das nur zu Ihrer Kenntnis." Dann verließ er den Raum.

Beim Abendessen berichtete Jan Kai die Ereignisse des Tages. Er sagte: „Da hat der Richter einiges zu tun. Die Herren Grünert und Schliepmann bzw. deren Anwälte schieben die Schuld von einem auf den anderen. Übrigens sind die Haftprüfungstermine für beide zu deren Ungunsten ausgefallen, wegen Fluchtgefahr."

„Und was glaubst du?" fragte Kai.

„Ich tendiere zu der Annahme, dass „Bernies" Aussage der Wahrheit entspricht. Und Gregor vermutlich Marion Berkhof den zweiten Schlag auf den Kopf verpasst hat, um sicher zu sein, dass sie wirklich tot ist. Außerdem war er meines Erachtens derjenige, der „Bernie" den Auftrag gab, Ralf zu verprügeln. Alles in allem sind beiden ein paar Jährchen auf Staatskosten sicher. Am besten gefällt mir aber, dass Gregor nicht weiß, was Marion gesehen oder gehört hat. Möglicherweise kochen wir ihn damit noch weich.....Aber etwas anderes ist mir beim Durchlesen der Protokolle noch aufgefallen. „Bernie" hat angeblich mit einem Mann gesprochen, der am Ufer stand oder saß. Möglicherweise hat diese Person eine interessante Beobachtung gemacht. Wir sollten sie finden, denke ich."

Es entstand eine Pause, die sich immer weiter in die Länge zog. Dann sagte Kai: „Du brauchst nicht nach dieser Person zu suchen, sie sitzt neben dir."

Jan sprang auf. „Wie bitte?" fragte er fast schreiend.

„Ich war das, mit dem Bernie gesprochen hat. Aber um es vorweg zu nehmen, ich kann dir nicht weiterhelfen. Ja, da war das Boot, ja, es drang laute Musik und Gelächter zu mir ans Ufer herüber. Dann schrie eine Frau, und danach war es still. Bernie, den ich ja nicht kannte, kam an Deck und sagte, eine Frau habe sich den Arm oder das Bein in der Tür geklemmt, weil sie zu viel getrunken habe, und er hielt eine Flasche hoch. Dann fuhr das Boot ab, Richtung Mündung. Das ist alles. Ich habe mir weder den Namen des Bootes noch das Gesicht des Mannes genauer angesehen. Ich habe gemalt."

Jan atmete zweimal tief durch. „Schon gut", sagte er. „Wie hättest du auch dieses Erlebnis mit den Ereignissen in Verbindung bringen sollen. Es fahren ja täglich etliche Boote im Fluss herum. Und auch ohne deine Aussage nageln wir die beiden Herren fest. Meine Arbeit ist getan. Lass uns den Abschluss der Ermittlungen mit einem Grappa begießen."

Epilog

Rena, Hans, Jan und Kai saßen am festlich gedeckten Tisch. Marion stand in der Küche. Vom Herd her roch es verführerisch. Jan, Kai und Rena tranken einen Aperitif, während Marion und Hans Orangensaft tranken.

Seit Bernies und Gregors Verhaftung waren nun schon zwei Wochen vergangen. Die beiden blieben bis zur Verhandlung in Haft. Jan hatte Marion davon in Kenntnis gesetzt, und diese hatte aufgeatmet.

Auch Rena war glücklich, dass der Fall gelöst und ihre Mutter sowohl vom Gedächtnisverlust als auch von der Angst geheilt war. An diesem Wochenende war sie nach Hamburg gekommen, um zusammen mit Jan und Kai das für Marion gute Ende der Geschichte zu feiern. Marion hatte vorgeschlagen, ein gemeinsames Abendessen bei ihr einzunehmen, man könne sich in der Wohnung besser unterhalten als in einem Restaurant.

Nachdem Jan die wichtigsten Fakten noch einmal aufgeführt hatte, ohne zu erwähnen, dass Kai unbewusst Beobachter am Ufer gewesen ist, beschloss die Runde, das Thema ad acta zu legen und sich dem Essen zuzuwenden. Als sie beim Dessert angekommen waren, holte Marion ein Päckchen aus dem Schlafzimmer, das sie Rena überreichte. „Dein nachträgliches Geburtstagsgeschenk" sagte sie. Rena riss das Papier auf und zog ein sehr apartes dunkelblaues Wickelkleid hervor, auf dessen rechter Schulter Goldstickerei prangte. Sie jauchzte auf. „Oh, Mama, ist das schön!" sagte sie und gab ihrer Mutter einen schmatzenden Kuss.

Dann verteilte Marion zwei kleinere Päckchen an Jan und Kai. Sie enthielten für Jan eine kleine Glasschale, die zu der Vase, die Rena ihm geschenkt hatte, passte. Zu Jan sagte sie: „Jetzt, da der Fall abgeschlossen ist, kann man ja wohl nicht von Bestechung ausgehen", dabei kniff sie ein Auge zu. Das Päckchen enthielt eine kleine Figur aus buntem Glas.

„Wo haben Sie nur all die wunderschönen Kunstwerke her?" fragte Kai.

Marion lachte. „Mein Geheimnis" sagte sie. „Vermutlich zahlt der Künstler keine Steuern. Aber ich habe gehört, Sie betätigen sich auch künstlerisch. Sie malen."

„Wenn ich Zeit und Gelegenheit dazu habe."

Kai wandte sich an Hans. „Und wie sehen Ihre Pläne für die Zukunft aus? Oder ist diese Frage zu indiskret?"

Hans lachte. „Nachdem, was sie alles für mich getan haben, sehe ich keinen Grund, irgendetwas vor Ihnen geheim zu halten. Beruflich habe ich erst einmal ein Jahr Zeit, mich nach einem neuen Betätigungsfeld umzusehen, für die Zeit nach Frau Blickerts Rückkehr. Und privat" – er schenkte Marion ein Lächeln - „bleibe ich bei Marion. Alles weitere überlassen wir der Zukunft."

„Und ich habe begonnen, einen Krimi zu schreiben" sagte Rena. Er bekommt den Titel „Was geschah mit Marion?"

Wer ist wer?

Kai Lichterfeld, Psychologe
Jan Köller, Kriminalhauptkommissar
Sina, Jans Schwester
Marion Berkhof, verschwunden
Rena Somsen, Marions Tochter
Gregor Grünert, Geschäftsführer Hotel
Bernhard Schliepmann, hauptberuflich Sohn
Ralf Varga, Galerist
Andrea Gröning, Ralfs Partnerin
Dr. Hans Werremeier, alias „Doc"
Elisabeth, eine demente alte Dame
Zorro, Straßenmusikant
Otto, Nichtsesshafter
Cornelia Czernas, alias Nelli, Op-Schwester
Lisa Neumann, tritt nur als Leiche auf

Danksagung

Mein Dank gebührt wieder allen Menschen, die mich ermutigt haben, diesen Roman zu schreiben. Dies sind neben meiner Familie und meinen Freunden besonders meine Enkeltochter Leandra und Olaf S., die den Spannungsbogen verfolgt und mir wertvolle Tipps gegeben haben.

Mein Erfolg ist der eure!

FSC
www.fsc.org
MIX
Papier | Fördert
gute Waldnutzung
FSC® C083411

Zeitfracht Medien GmbH
Ferdinand-Jühlke-Straße 7
99095 Erfurt, Deutschland
produktsicherheit@kolibri360.de